人类可以

用小的机器制作更小的机器

FANTASY
幻想家

05

临界·高科技罪案调查

临界

HTCI

神　　使

郑军
著

北京理工大学出版社
BEIJING INSTITUTE OF TECHNOLOGY PRESS

图书在版编目（CIP）数据

神使／郑军著 . — 北京：北京理工大学出版社，2019.1（2019.3 重印）
（临界·高科技罪案调查）

ISBN 978–7–5682–3022–3

Ⅰ . ①神… Ⅱ . ①郑… Ⅲ . ①科学幻想小说—中国—当代 Ⅳ . ① I247.5

中国版本图书馆 CIP 数据核字 (2018) 第 250303 号

出版发行／北京理工大学出版社有限责任公司

社　　址／北京市海淀区中关村南大街 5 号

邮　　编／100081

电　　话／（010）68914775（总编室）

　　　　　（010）82562903（教材售后服务热线）

　　　　　（010）68948351（其他图书服务热线）

网　　址／http：//www.bitpress.com.cn

经　　销／全国各地新华书店

印　　刷／三河市华骏印务包装有限公司

开　　本／787 毫米 × 1092 毫米　1/32

印　　张／7.25　　　　　　　　　　　　　　责任编辑／高　坤

字　　数／105 千字　　　　　　　　　　　　文案编辑／高　坤

版　　次／2019 年 1 月第 1 版　2019 年 3 月第 2 次印刷　　责任校对／杜　枝

定　　价／32.80 元　　　　　　　　　　　　责任印制／边心超

目 录

◇

科技犯罪的巨大破坏力！

◇

第一章 命运之门

20世纪90年代，希望与困惑并存，新潮和旧物同在。

涉外五星级酒店楚天宾馆，落成时是当地的地标式建筑。服务员苗爱玲就在这家宾馆当勤杂工。她每天要清理几十间客房，把换下的卧具打成包，推着车搬上运下。工作很辛苦，但没办法，家里需要钱，她要给在农村读书的兄弟寄学费，要帮父母减轻负担。

当然，这只是苗爱玲的小目标，她还有个大梦想，不知道能否实现——在理想破灭前她不想放弃。磨盘般连轴转的日子里，苗爱玲总是把一本包着牛皮纸的厚书带在身边，有空就翻开看看。

那本书就是一扇门，通向另外的世界。每次，苗爱玲清理完客房里夹杂着烟味与汗臭的卧具之后，都会抽时间钻进那个世界，享受一丝清新、几分纯净。那个世界庄严、优美而辉煌，它占据着苗爱玲的心，让她在滚滚红尘中别有一份寄托。

"你怎么看这种书？"

苗爱玲记不清有多少人问过这句话。父母、亲戚、同学、小姐妹……甚至，曾经在课堂上教导大家认真学习的老师也这样诧异地问她。久而久之，她甚至没勇气在熟人面前翻开这本书，所以给它包上一张三毛散文集的封面。

这天，苗爱玲负责宾馆第七层的接待任务。下午，住进一位外国客人。看到"朱利叶斯·张"这个名字，苗爱玲以为是个白人，走出电梯间的却是个中国汉子，一开口更是标准的四川味普通话。然而，他的身份却是巴西塞阿拉州经贸开发公司驻华办事处负责人，看样子已经年过五旬。

进屋不久，朱利叶斯发现电热杯有问题，来到这层的服务台更换。苗爱玲刚收拾完客房，又偷闲翻开那本书。听到客人提要求，她把书撂在服务台上，随手找件重物压住翻开的那页，去贮藏室换杯子。

朱利叶斯随便朝书页瞥了一眼，立刻就被一幅图表吸引住了。那是光线散射原理示意图！朱利叶斯好奇地翻翻版权页，竟然是20世纪50年代出版的高校物理教科书，内容还是繁体字。苗爱玲拿着新杯子走出来，见此情形，脸"腾"地红了，仿佛自己正看黄色小说，被人抓了现行。

不，黄色小说出现在这里，也不如这本书更让别人笑话。

"你在自学物理？"朱利叶斯打量这个乡下妹子。

"嗯……是的……随便看一些……您要的电热杯！"苗爱玲乡音浓重，更让她觉得自己很土气。

"你参加过高考吗，考了多少分？"

"496分。"

"哦，这成绩要是放在北京市，可以上重点大学了。"

这位外籍华人如此熟悉中国的高考现状，难道他刚出国不久？"是呀，我们省分数线历来就高。"苗爱玲咬着嘴唇。

"你喜欢物理学？"

客人这么认真，苗爱玲忽然想讲点心里话。"农村学校条件差，没有实验室。书本上提到的实验现象，我们都没见过，全靠死记硬背。有一次，物理老师找来一块三棱镜，给我们做光线散射实验。整整三年，物理、化学加上生物，我们就做过这么一次真正的实验，所以印象特别深刻。"

朱利叶斯边听边点头："如果学了这些知识，你准备做什么？"

"我……现在还不知道这有什么用。不过……我在想，也许能改变物质的微观结构，做出一种新布料。我在布草房工作，每天要洗很多东西。如果能让布料本身就不沾染污物那该有多好！"

"这倒不难……"朱利叶斯把话题引回现实，"不过，你为什么不上补习班？"

"家里弟妹多，我是大姐，要出来挣钱。"

"但是还放不下物理学，对吧？"

"老师说过，希望我们能成为科学家，为……"苗爱玲不善言辞，只会重复老师当年的话。

"我只是很奇怪。喜欢文学艺术的女孩子很多，喜欢自然科学的没见过几个。你真想当科学家？"

"啊，是的，不过……那怎么可能！"苗爱玲早非懵懂无知的乡下姑娘，"没文凭，没职称，只能做做梦。"

朱利叶斯沉吟片刻，初次试探，得到这样的回答已经足够。他整整西装，正色说道："如果你真想走这条路，请留个地址给我。这本教材内容陈旧，我给你寄本新的。"

"那，太谢谢了，要……多少钱。"

"不要钱，只要你一个承诺。"

"承诺？"

"是的，你要承诺，不管为这个理想会受多少误解，甚至与原来的社会圈子分离，你都要坚持走到底。否则的话，你现在不算贫困人口，我也不是慈善家，帮助一个没有理想的人，就是在浪费时间。"

听到这话，苗爱玲才第一次抬起头，留意对方的相貌。一个学者风范的中年人，比以前教过她的任何老师都更像学者。"您是科学家？"她好奇地问道。

朱利叶斯摇摇头："生意人，稍懂点科学而已。"

这段谈话进行了几分钟，又有服务员招呼苗爱玲去处理事情，她抱歉地笑笑，走开了。朱利叶斯望着她的背影，暗自思量。有七成的可能，这个女孩会现实起来，去过符合她身份的生活。还有两成可能，她会自学成才，或者重新高考，艰难地进入科学界，最终成为一名科学工匠。

朱利叶斯每发现十棵好苗子，只有不到一棵树开花结果。还有一成可能，到时候，她会站在人类科学巅峰之上，俯瞰这个世界！

她还要接受考验，这个非凡的机会，朱利叶斯并不想马上就给她。

◆ ◆ ◆

"我绩效分最高？大家不是都忙了一年嘛？"

高科技犯罪调查处陆续调进来很多人，不再是草创阶段，几个人围在李汉云身边，你一言我一语地讨论问题。一切都要正规化，每个案件都要各部门协调配合，考核个人绩效便显得很重要。李汉云把这个任务交给来自香港的蔡静茹，她在这方面很有经验。

一年来，杨真不是在侦查行动中，就是在准备侦查，对自己的业绩没算过账，直到蔡静茹把成绩单给她看。"我核对过三遍，全员分数最高的就是你。"蔡静茹把考核表放到杨真面前，"先请你确认，另外还有一件事，最近很多新同事入职，处里希望你能给新人做个入职培训。"

"培训，我？"

"对，这是李汉云李处长的意思，你做过老师，又是处里元老级人物，这事非你莫属了。"

……

虽然第一研究所借给调查处一间大会议室，如今也挤得满满当当，第一排的人几乎抵在讲台前。

"当今时代，高新科技不再是政府机构和大企业的专利，它们正被越来越多的普通人所掌握。这是科学技术的巨大进步，趋势不可逆转。但是高科技的扩散也给社会带来极大隐患。既然我们不能用倒退历史的方法消除这些隐患，那么就只能设置专业机构，守在这些扩散通道的各个路口，把可能的罪恶尽量过滤掉……"

杨真坐在第一排，她回头看看，后面已经坐了几十个人，一年前入职的六个人都成了元老。

"高科技扩散的时代，猫捉老鼠的游戏规则改变了，犯罪分子掌握的技术令警方防不胜防。所以，我们的任务就是跟踪科技前沿，随时警惕有可能出现的犯罪新手段。如果境内任何角落出现这样的案件，我们都要协助有关部门进行侦查。下面，请杨真同志结合自己参与过的案件，跟大家分享一下心得体会。"

杨真走上讲台，李汉云转身离开会议室，以给她减少压力。杨真开始讲述近年来自己所参与侦破的四个案件，新人们听得兴味盎然。讲完故事，轮到新人提问。一个名叫马晓寒的女警员举手问道："组长，这四个案子涉及了太多知识，请问这些知识您是什么时候储备、如何储备的？

"我储备不了足够的知识。"杨真坦率地回答说，"专业知识要借助外脑，我们只需要关注这些新科技能带来什么，谁会从中获益，获得怎样的利益。当然，对于科技工作者来说，他们的收益并非都是权和钱。这要复杂一些。"

　　一个男同事站了起来。"刚才你介绍的四个案子，有的是阻止科技无序发展，有的是给科技发展减少阻力。那么我们的立场是什么？"

　　我们的立场？这个杨真还没有细想过。甚至，她并没有觉得这四个案子在方向上有所不同，但听众却有此感觉。"抱歉，这方面我还没有很好地总结过，也许我们可以一起总结。"

　　杨真讲完，就到了下班时间。她来到李汉云办公室，向处长复命。下班了，他们可以聊点家常。"上次你来我家包饺子，和李宵说了什么？"

　　"您是指……"

　　"他把烟戒了，说是你让戒的？"

　　杨真早把这件事忘了，她当时只是随口和李宵说了一嘴，她并不认为李宵会因此就能戒烟，但这事真发生了。"小宵有毅力，这事全靠他自己。"

"呵呵，他有什么毅力啊，我和他妈妈劝了很多次，还不如你一句话管用。"

◆　◆　◆

"给我那件T恤！"

说话的是约翰·施特伦格尔——美国民主党总统候选人团队科学顾问。"今天下面坐满硅谷的高科技牛仔，他们不喜欢穿西装打领带的人。"

没有话筒，T恤领口贴着的一粒微型纳米传声器便能完全取代话筒功能，纳米技术是他的老本行。四年一度的美国总统竞选大戏开台，曾经的纳米技术专家施特伦格尔放弃本业，加入总统候选人团队，为他们起草了诸如《数字化美国》《纳米科技国家战略》《基因技术前景》等战略文件。

施特伦格尔很早就当选过众议员，加入了美国国会科学委员会。在他进入之前，那里充满了怪胎式的议员，有的认为火星在几千年前有过文明，有人认为三里岛爬满四尺长的蜈蚣。整个机构里没有职业科学家，一直被美国科学界诟病。只有施特伦格尔加入后，才拉近了两者的关系。

　　甚至他们还成立起"技术转移局"，与中国的"高科技犯罪调查处"功能相仿，时间要早二十年。施特伦格尔亲自领导这个局的工作，一手推动科学进步，一手防范科学隐患。远在中国的李汉云和他的部下都把此人当成同行，跟踪研究他们的工作进展。

　　但是今天，施特伦格尔放弃官职，再次加入选战，支持民主党候选人。在他看来，美国正处于危难关头。"那家伙疯了，居然认为打疫苗会导致自闭症，居然想让美国人再次挖煤、炼钢、烧水泥！他根本不知道是什么让美国有了今天，必须支持民主党，必须阻挡共和党的那个疯子！"

　　是的，美国高科技工业界都这么认为，国家危在旦夕，他们从没有如此团结过。

　　演讲时间这就到了，忽然，一名部下打来电话："那群人要谈判。"

　　"谈判？他们开的条件是什么？"

　　"用全体赦免换取他们的技术成果。"

　　施特伦格尔让助手推迟一下演讲时间，这事很重要，他必须马上定夺。用了五分钟，施特伦格尔听完了部下的汇报。

"不不不，和他们没什么好谈的，都是侵犯知识产权的罪犯。"

"但是，如果他们跑去和中国人谈呢？"

施特伦格尔沉默片刻，又问道："那么，你评估过他们的所谓成果吗？是吹牛还是真的？"

"他们像挤牙膏那样给了点信息，仅靠这些还无从判断。"

"不，那不可能是真的，他们是在吹牛！"施特伦格尔在实验室里浸淫了几十年，知道科技界的神话都是怎么吹成的。

"你告诉他们，要么自首，要么等着被捕！"

十分钟后，施特伦格尔走进集会现场。这是一座优雅的庭园，热闹而不奢华。参加竞选经费募捐户外午餐会的两百多位客人已经到齐。这些都是美国的高科技精英。他们那些不冒烟的企业里流动着美国强大的活力。他要依靠这片肥沃的"票田"，他要从这里开始，为民主党候选人赢得整个高科技产业界的支持。

他开始演讲："增税还是减税？扩大政府开支或者缩

减福利保障？放低贸易壁垒还是展开贸易战？打击邪恶轴心国还是听之任之？各位放下公司业务参加聚会，这几个小时能否听到新鲜的东西？"在一片克制的笑声里，施特伦格尔做了个手势，用手掌狠狠一劈，"不，这都是传统政客的废话，它们在一届届竞选中被重复着，已经让选民忽视掉真正的关键。在过去的一个世纪，美国为什么这样出色？仅仅因为能够平衡税收和财政？那不是什么新成就。路易十四都能办到！美国之所以领导世界，是因为我们的科学技术！是STEM（科学、技术、工程、数学的缩写）！因为在这些方面领先世界，我们才有了今天的位置。"

施特伦格尔猛地晃了下头，在场听众有一半没明白他为什么要做这个动作，另一半认为他是在用身体姿势烘托讲话内容，但是这个姿势很不雅观。其实，他只不过在躲一只苍蝇。从他站到台上，那只苍蝇就围着他的头转，令他无法容忍。

"20世纪，美国这片土地诞生了世界上几乎所有的高新科技。从飞机到土星五号，从软件到芯片，这些高新科技即使不诞生在美国，也无一例外皆在美国长大。我们的前辈花了整整一个世纪时间，把美国建设成全球科学中心。看看最近二十年的情况吧。我们迈进网络时代，其他国家跟在我们后面；我们启动基因计划，其他国家跟在我们后面；我们开始纳米研究，其他国家仍然跟在我们后面！除了在航天领域我们曾经小负苏联，在家用电子领域稍逊日本外，整整一个世纪，我们总是科技的领先者，总是！

"而正是高新科技的成长，才最终使美国拥有独一无二的、无法模仿的核心竞争力！"

施特伦格尔忽然把左手举到脸旁，小幅度快节奏地挥了挥。这下，坐得最近的人已经能够看清，三只苍蝇围着他的头在飞。餐会组织人出了一身汗。这里一向干干净净，怎么偏巧这个时候飞出三只苍蝇？

"然而，今天的美国已经弊病丛生。在中国，60%的学位授予STEM人才，而我们才不到20%。20世纪70年代，美国培养了世界上一半的STEM类博士，现在也不到20%。更可怕的是，美国正在对世界上最优秀的一批科技人才失去吸引力。我们在航天领域的拨款越来越少，在纳米、微电子、生物科技等领域的投资都在下滑。中国科研经费已经世界第二，很快就会赶上我们。先生们，科技退化才是我最不能承受的。一个国家不在科技上领先世界，就不能在任何领域领先世界。"

那几只讨厌的苍蝇似乎认得他，在他面前晃来晃去。施特伦格尔打定主意，不管苍蝇如何围着他飞，再也不做这种难堪的动作了，要管住肌肉。他做了半天铺垫，还没有转入正题呢！

"该是采取措施的时候了！白宫应该在税收减免、政府投资、外来人才签证等方面，向你们这些高科技企业大幅度倾斜。我们要保持纳米技术的领先地位，要攻克热核发电的难关，要继续领导空间技术……我们要把美国建设成世界科技的水库，让它与任何国家在科技整体水平上永远有五到十年的差距，这就是水库的落差。最先进的科学技术只能从美国这座水库流向世界各地，而不是相反！"

"啪！"一声轻微的炸响在施特伦格尔脑骨中响起。声音很小，周围的人甚至根本没听到，眼尖的人只看到几小片血迹出现在他的脖子上。血迹迅速扩大，很快，人们知道出事了！

安保人员此时都站在施特伦格尔的身侧或身后，虎视眈眈盯着下面的人群，谁都没有注意到血正沿着施特伦格尔的颈部流下来。直到听众里有人惊呼，而施特伦格尔的声音停顿太久了，他们才反应过来。几个保镖冲上去把他围住，此时，鲜血已经浸透施特伦格尔的T恤衫。

那些高科技企业家们素质的确不凡，他们没有惊慌逃散，仅有几位女士发出几声惊呼，都比较克制。一个四十多岁的生物制药企业老板站起来，向众人喊道："大家都不要动。留在原地协助调查。"

众人很快安静下来。安保人员得以把施特伦格尔抬出人群，送往医院。

十七分钟后，施特伦格尔被送进手术室，但负责抢救的医生却只能摇头。施特伦格尔的颈部前、侧、后分别被炸开一个洞。前面的洞炸断了气管，侧面的炸断了大动脉。后面的击断了颈椎。如果脖子上再有这么一处爆炸，他的头颅就会当场滚落下来！

医生们从未看到过这样的伤害！

◇

第二章　魔高一丈

杨真到南方办事，返京途中，她在前排椅背的电视屏幕上看到了施特伦格尔的死讯。逝者死于恐怖袭击，美国安全部门对这次袭击的方式还不清楚，正在调查。

　　杨真呆了片刻，才被空中小姐的着陆提示音唤回到现实。没几个中国人知道施特伦格尔这个人，但作为同行，她知道。防范科技成果恶性扩散，这个领域的许多概念都是由施特伦格尔最先提出的。人就这么没了？而且是死于他致力防范的领域！

　　回到单位，李汉云把杨真叫到办公室，还有龙剑和迟健民等各组组长。房间里光线暗下来，投影屏上出现施特伦格尔演说的场面。杨真知道，几分钟后，他的脖子上就会绽开血花！

　　"施特伦格尔的事你们都知道了吧？"李汉云问。

　　"在飞机上看到了新闻。"

　　"真可惜，一个很出色的人。"

　　"……"

　　"更可悲的是，他可能就死于他的老本行，纳米技术！"说着，李汉云移动鼠标，把图像停住，再放大，然后一帧帧移动，"你们看……就是这些东西，施特伦格尔以为它们是苍蝇。"

共有三只"苍蝇"围着施特伦格尔在飞。由于图像采自普通的新闻录像，记者没给那些"苍蝇"拍特写，所以很不清晰。李汉云把图像放大到满是马赛克的尺度，那几个东西仍然显示着苍蝇的轮廓。李汉云又让幻灯回到正常播放。三只苍蝇一起附在施特伦格尔的脖子上，同时炸开！没有烟雾和闪光，只有同时出现的两朵血花，另一朵绽放在他的脖子后面，镜头没有拍到。

"难道是某种超微型导弹？"看到这种新的暗杀方式，韩悦宾像打鸡血般兴奋起来。如果魔高一尺，他这个安防专家就要道高一丈。

"整体结构在微米尺度，部件则在纳米尺度？"杜丽霞刚读了一些纳米技术资料，也跟着推测。刚才看过这段新闻，她还以为施特伦格尔中了枪。据悉，美国陆军纳米军事技术研究所已经把超微型导弹列为课题，但并没有宣布是否搞出了相关成果。

"问题还不在这儿。"李汉云接着说道，"昨天，迟健民和中科院纳米所的专家一起研究这段录像。他们也推测是超微型导弹。但他们认为，虽然设想已经提出多年，但世界上应该还没有哪个国家真正取得突破。"

大家望着李汉云，都没听明白他的话。或者，这段话本身就很难被理解。科技预测专家迟健民做了补充："这种技术从概念变成现实，至少还要五年时间。施特伦格尔作为这方面的专家，又站在国家科技政策制定者位置上，他对该领域的了解绝不会亚于任何人。他都没注意那些假苍蝇，说明他根本不知道世界上已经出现了这种技术。"

推论只有两条，要么大家全错了，施特伦格尔死于其他方式的暗杀。要么就是有个不为人知的力量，领先各国实现了技术突破！"人们一直认为，各国军方掌握着最尖端的军事科技，尤其是几个大国的军队。但现在，一家中小型公司都能做到这一点。犯罪分子或者恐怖分子很可能领先世界，发明出这种先进的杀人工具。"

对他们这些以防范科技扩散风险为己任的人来说，这是个噩梦。正因为这样，李汉云才会将杨真等人召集在一起，布置新任务。"这件事虽然暂时和我们无关，但是大家要马上行动起来，研究这种潜在威胁，提供必备的应对方案给上级领导。面对高科技犯罪，我们不可能独善其身。杨真——"

"到！"

"处里马上成立纳米科技威胁预研小组，临时由你担任组长。"

这不是高科技犯罪调查处成立的第一个专业技术跟踪小组，在这次会上，史青峰也受命组建生命科技威胁预研小组。

◆　◆　◆

人富了以后买什么？豪车？游艇？私人飞机？日本富翁桑原邦彦与众不同，他买了四台超级计算机！

虽然这不是什么机密，但也没多少人好奇，直到旭日新闻社里面负责采写科技新闻的记者北山隆史挖出这条奇闻。他先是自己惊讶了一番，觉得有必要让读者也惊讶一次。于是北山隆史电话预约，去采访这位收藏"超算"的怪人。

走出东京近郊的西小山车站，北山隆史步行穿过热闹而狭窄的商业街，走进一扇大门。不同于左邻右舍，这里有新落成的变压器。"超算"极其耗电，得给它们配专线，这又花了桑原邦彦不少钱。

走到别墅门口，迎面赫然挂着"桑原宇宙科学研究所"的牌子。北山采访科技新闻多年，除了正经八百的科学家，也遇到过执着的"民科"。他们信誓旦旦地宣称有重大发现，可以推翻牛顿、驳倒爱因斯坦，桑原会不会也是这种狂人呢？

不过别人再狂，家里最多有几部配置稍高的电脑，而这里每部巨型机价格为六十七亿日元！许多正规科研院所盼星星盼月亮，都盼不来如此巨额的经费。北山隆史准备采访资料时接触过一些专家，他们都遗憾："多么好的科研利器，却让一个富翁买去当玩具！"

有人甚至向巨型机供应商NEC公司提抗议。对方的答复倒也干脆，如果最新成果不能商品化，他们就无法回笼资金，去研制速度更高的巨型机。言外之意，有本事你们也买哪怕一台也行。

北山按下门铃，家政人员开了门，带他走进杂乱无章的别墅。北山知道，桑原以"无证主义"为口号，组织了一个民科团体，眼前堆满走廊的文件、传单和古怪模型，应该就是这个团体的活动用品。

一脚高一脚低，北山迈过这些杂物，在休息室里见到桑原邦彦。主人今年将满六旬，单看外表，气质还真有几分像科学家，而非土财主。主人客客气气地请这位名牌记者落座。

巨型机很贵，不过桑原邦彦不在乎。他祖上是东京郊区的地主，城区扩建时，留给他的那片地价值飞升。桑原邦彦拿准时机，在上一次日本经济泡沫破裂前几个月出手，一夜之间成为巨富。所以，十年后当NEC研制出领先世界的巨型机时，桑原邦彦毫不犹豫地挥起支票簿，并且一买就是四台，是这个机型的全部产品！

"请问，您购买这些巨型机，是想研究什么项目？"

桑原邦彦大学没读完就随父亲经商，从未获得过任何学术头衔，是典型的民科。他的回答十分干脆："古生物学！我将彻底改变古生物学研究方向，用计算机模拟去引导专业学者的野外考察。"

他详细地解说着自己的方案，四台巨型机将模拟地球生物圈几十亿年间的发展变化。他已经向计算机输入了原始地球以及当时太阳系宇宙空间环境的资料，然后运转四台巨型机，模拟生物进化过程。

这位老顽童告诉记者，现在，那个虚拟世界里已经有了数字三叶虫！

这个研究计划虽然宏大，但古生物学界并不重视。更重要的是，桑原邦彦根本就不想与科学界交流他的研究成果。"听说你还要买更大算力的计算机？"北山问道。

"是的，我着迷于巨型机，绝不嫌它们速度快，PC迷哪能体会这种乐趣？"桑原十分自豪，"我准备买下算力再提升十倍的巨型机，也是四台。然后模拟宇宙大爆炸至今的全部历史！我要告诉那些所谓的宇宙学家，他们单凭脑子去算，会漏掉多少关键环节！"

这话听起来非常豪迈，也很像那么回事，北山隆史可不会认为桑原邦彦因此能成为专家。所以此后北山又去采访了几位古生物学家，向他们询问这种利用计算机模拟的研究方法是否可靠，能否取代野外考察。回答是一致的否定："这不是科学正道""想入非非""业余科学爱好者在狂想"。

"只是可惜了那些巨型机。"最终落笔时，北山心里也这么想着。既然桑原邦彦的工作在科学上没什么意义，就只有"私人购买巨型机"这点还有些新闻价值。

最后，北山隆史放弃撰写长篇报道的计划。《旭日新闻》在第十六版"奇闻趣事"栏目里为此登出一个豆腐块。北山自己都不看重它，只当凑个版面而已。两天后，所有读过的人都不再记得它。北山有二十年的新闻从业经验，对于什么样的新闻能引起什么样的反响，心里的估计大致不差。

这个豆腐块将掀起怎样的波澜，北山并没预料到。

◆　◆　◆

不用储备知识？现在当然不行。杨真接受命令后，上班时处理公务，下班后就用业余时间给自己充电。作为技术外行，这几天杨真不停地查阅资料。现在一闭上眼睛，脑海中就会出现一个六角形薄片，慢慢卷成筒状。这是碳纳米管的分子结构示意图。女孩夜里做这种梦？杨真醒过来，差点被自己的梦境逗笑了。

光看论文也不行，这天，卢红雅推荐她去旁听纳米专家翁海明的讲座。此人是一颗刚刚升起的科技新星。不久前，由他领导的宏达公司在"纳米阵列式诊疗系统"上取得了全球领先的成果。

翁海明先是简单介绍了什么叫"纳米阵列式诊疗系统"，那就是把几千到几万个肉眼都看不清的纳米器件送入人体，深入病灶进行诊断，进行精确给药，甚至把它们串联起来，进行微型手术。普通手术器械和这些几十个纳米直径的微型器件相比，差距就像乔木与筷子。

讲座结束，翁海明主动邀请杨真，想和她谈谈。一小时前，他们才通过卢红雅的介绍互相认识。

"你们处的工作性质，我不太清楚，涉及机密，卢老师没讲太多，不过多少介绍了一点儿。所以……我想和你谈个事情……"翁海明停住口，抿抿嘴唇，欲言又止。

"好啊，和我们的工作有关吗？"杨真问道。

翁海明犹豫再三，终于下了决心："杨警官，不管我说出什么，都请你不要笑话！"这个奇怪的要求令杨真一愣，笑话，什么事情会让她笑话？

"这是我背的一个精神包袱。这种纳米阵列式诊疗系统，严格来说不是我搞出来的！"

杨真不说话，只点头，遇事少做判断，先鼓励对方把话讲完。翁海明先讲起专业知识："靠纳米技术，把诊疗设备制造到直径几十纳米以下，再成批送入人体。这在科学界早已取得过突破。问题是，一次送入成千上万个微型诊疗仪进入人体，怎么统一控制它们。这需要计算机技术、自动控制，甚至人工智能方面的专业知识。而且不是现有知识就行，需要这些领域的同行都有突破。你瞧，纳米技术就是这样，通才者胜，专才者输。"

耐心，这是专家，不怕他们讲话啰唆。杨真抱着双臂，继续倾听。

"奇怪的是，我们课题组里有个小伙子，名叫李金龙，却是我从未见过的通才！"

一个丝毫不起眼的名字。"我怎么没在成果报告里看到他？"杨真奇怪道。

"很正常，他只是组里的后勤人员，负责库房管理、整理仪器、记录结果、管理电脑，甚至平时上街买办公用品，我都派他去。李金龙是职高生，卫校毕业。但是……"翁海明又停下来，摇着头，像是要从脑子里甩掉什么东西。

"这个……你没搞过科研，我真不知道怎么才能讲清楚这件事。"

"我就算搞过吧……"

"那就太好了。整个研究过程中，几乎所有关键问题都是李金龙先提出解决方案。化学分析、结构设计、成品研制……几乎每个难题，他都能点破关键环节，而且看来毫不经意，歪打正着。"

"他不是管后勤吗？也能参加你们的会议？"

"是啊，按规定他没资格发言，甚至不需要参加这类会议。把实验设备调试好，他就可以下班了。但他愿意旁听，组里都是知识分子，看到他好学上进，也就让他听。慢慢地，研究工作哪里卡了壳，他就过来提个建议，换这个试剂怎么样？调整那个线路试试看？每次都很灵，一下子打开了我们的思路。"

"开始，大家都以为他是碰巧了。也许我们钻了牛角尖，他作为旁观者思路会开放一些，但是总能这么巧，那就不一般了。而且，这个课题跨越很多学科，什么生理学、病理学、机械设计、计算机自动控制，李金龙居然在每个领域都能提出关键设想。可以说，他是我们课题组真正的幕后英雄。"

"传说中的民科大牛!"杨真叹道。

"对,这正是我的想法。许多科技进步并非专家们想不到,而是没有条件,实现不了。科技发明的窗户纸,很多时候比钢板厚,大科学家的本事就是捅破这层钢板。以我对本行的了解,如果李金龙那些想法都来自他的独立思考,他就是当今世界顶尖的医学和计算机专家!"

"这人多大年纪?"杨真的兴趣被激发起来。

"二十五岁!"

"和爱因斯坦研究相对论时差不多,比伽罗瓦提出群论时还老一些。"和学者谈话,杨真也要引经据典。

翁海明听罢苦笑了一下:"那些都是基础学科,有个天才的脑子就行。今天的医疗新技术研究集中在各大医药公司手里。为了专利费,他们防得比美国中央情报局都严。一个人不接触这些实际资料,就是智商达到几百,也不能凭空形成正确思路。所以,这一行不是民科能玩的。李金龙只凭卫校那点底子,再买些专业书自学,就能悟出全球领先的成果?打死我都不相信。"

谁获益?获什么益?杨真思考问题不会离开犯罪学的

规律。"那么，他偷了哪家医药公司的研究成果，再传达给你们？他的动机是什么？找你们要过专利费？"

"没有？"

"有爱国情结？"

"他又没在什么合资企业里干过。"翁海明朝着杨真跷起大拇指，"不愧是警察，一看就看到问题关键。说实话，想破脑子，我也猜不出他这么做的动机！我征询过他的意见，要不要在发明人的名单上列名？他说不必，能对科研有贡献就行。瞧，活雷锋！后来被我说急了，他甚至警告我，坚决不能把他的名字列进去。"

"你们不会一分钱都没给他吧？"

"最后给了他两万元奖金。"

完成这个项目，课题组获得了两千多万元奖金，李金龙只拿了个零头。要么他是个外星人，不通人情世故，要么翁海明是在开玩笑，这事完全不合逻辑。

"杨警官，天天面对他。你知道我的心情吗？一方面有愧，贡献毕竟不是自己的。我接受发明者的头衔，只是为了方便宣传。另一方面，对着一个深不可测的人，我会有种不安全感。在项目方面，他好像什么都知道，只是来点拨我们。"

"这个李金龙还在你们单位？"

"离职了，不知道现在去了哪儿！"

没有犯罪事件，更想不出犯罪动机，所以这不是一起案件。杨真虽然是警官，也只能贡献点个人意见。谈了一会儿，翁海明发现这个疑惑无法靠一名警官来解决，只好作罢。

"对了，刚才演讲中你说过，需要征集人体实验志愿者？"发现帮不上什么忙，杨真有些不好意思，便想到了这件事。

"是的，病人们一听要往身体里放机器人，第一反应就是摇头。"

"那我在你这儿挂个名吧，将来生病，可以接受你的阵列式治疗。"想了想，杨真又补充了一句，"我是神农俱乐部会员。"

◆ ◆ ◆

环球科技中心！

名字听着挺气派，建筑高度也不低——也着实用上不少高新技术，无奈它坐落在中原省份，招商进度很慢。当年开工时付过订金的商家，有一些已经转投他处。所以，当"微世界纳米仿生设计公司"前来租房时，业主高兴地给了不少减免。

这家新崛起的纳米器件设计公司不售产品，只卖设计，最重要的财产就是员工的脑子，所以只需要一些办公用房。公司首席技术官名叫蒲本茂，日本人，四十出头，貌不惊人，沉默寡言，单身。除了设计能力一流，再没有出奇之处。

蒲本茂来到微世界公司的时间也不长。这是家中国公司，实际上，老板张保林正是因为认识蒲本茂，对他的成果有信心，才开办了这家公司，公司上上下下完全围着蒲本茂在运作。开办仅一年，已经连续推出多款微型机械产品，在纳米微型器械领域赢得全球领先的位置。

公司业务上主要靠蒲本茂，张保林并不懂技术。在他眼里，蒲本茂的脑子就是个泉眼，时时会涌出最棒的设计。至于他怎么修成如此卓越的设计能力，为什么不把自己的技术提供给大公司，而愿意放入他这间小庙，张保林一概不问。

当然，张保林久战商海，也不是没留心眼儿，他曾经担心蒲本茂从什么地方偷了别人的知识产权。不过公司运转一年来，没人上门打专利官司，张保林这才放了心。

公司员工也都知道，他们要靠蒲本茂的技术来养活，所以会接受他的许多怪癖，其中就包括彻底宅化。蒲本茂一头扎在环球科技中心大厦，除非外出谈判，否则从不逛街，完全没有业余生活。他在公司总部放了一张折叠床，一日三餐经常叫外卖，偶尔去底层餐厅就餐，晚上就在办公室睡觉。

没错，日本人嘛，都是工作狂。张保林担心蒲本茂的弦绷得太紧，有一天他突然带着蒲本茂外出，说要去谈业务，结果直奔风月场所。蒲本茂居然惊惶失措，要求马上回大厦，后来还是顾着老板的面子才留下来。纵使这样，蒲本茂也不时东张西望，似乎会有什么人扑上来吃了他。张保林看着无趣，只好派司机把他送回公司。

第二天，送蒲本茂回大厦的司机和同事聊起昨晚的情形。"这个日本老兄的脑子恐怕不正常。"

"怎么？"

"昨晚回大厦，他一定要我走大路。福建东路那边不好走，塞车，我想钻巷子，他吓得像要见到鬼，非让我往车堆里挤！"

"我看也是。"一个在公司里负责杂务的同事接了茬，"天天缩在公司里，像是在躲什么人。"

"对啊，你看他的衣服，整整一个夏天，你们看他脱过西装吗，从来没穿过短袖。"

"那倒不奇怪，也许人家讲究职场形象。再说，大厦里面空调不是一直开着？"

像环球科技中心这种顶级写字楼，是天底下最安全的地方。监控录像无缝连接，一个人从走进大门开始，直到消失在某个办公室里，绝不会逃出监视系统一步。此外，许多入驻公司还要求物业部门给自己装配专门的安防系统，当地派出所距此更是仅有五分钟的路程。所以，没什么人敢在这种全透明的场所作案。

中心大厦有六十层高，在五十层以上设计了一个直径达二十米的圆洞造型。这轮明月下沿有个露天观景台。阴天时，这里经常被云雾笼罩，提醒人们这是座高耸入云的人造山峰。

公司有作息时间，蒲本茂更有自己的日程安排，不干完一天的活，他绝不睡觉。这天午夜，蒲本茂完成了全天计划，叫助手回家休息，自己端着咖啡来到圆月观景台上。又是个云遮雾罩的晚上，周围是新开发区，几十座高层建筑耸立在周围，望之如云中仙阁。

天堂？天堂！我在天堂俯瞰人间。蒲本茂望着下面的车流，呆板的外表下一阵心潮起伏。他确实在俯瞰人间，那不是一种物理空间上的天堂，而是一个位置，一种境界。站在那里，他感觉到世人对他的仰视。还能感觉到那些其实没站到峰顶，却在迷雾中自以为是、欣喜若狂的人。

天很晚了，观景台上有对恋人在接吻，一个中年白人在散步。那是位律师，和蒲本茂不相识，但经常碰面。两人远远打过招呼，白人律师转回楼去。一团浓雾飘浮过来，久久不散。那对恋人也走了，观景台上再没有旁人。两旁栏杆上嵌着警示灯，提醒游客不要靠近。

猛地，蒲本茂心头一惊，停下脚步四外张望，这才意识到观景台上只有他一个人了。旋转门那里曾经有服务员，现在也看不清是否还在那里。现在能见度绝不超过十米，最近的一幢楼都看不清轮廓。浓雾将远处的灯光散射出去，周围的一切显得十分模糊。

不，不能待在没人的地方。蒲本茂立刻跑向一边的旋转门。只走了几步，一个黑影就从浓雾中现出身来，挡住他的去路！

蒲本茂身体单薄，举止笨拙，平时也不参加体育活动，但在此刻，他却猛地回头朝着反方向高高跃起，达到了常人无法想象的高度和速度，似乎他正在低重力的月球表面漫步。

即便如此，在他落地的一瞬间，衣服还是被来人抓住。"蒲本君，你这CTO当得太自在了吧？"

来者是个黑人，穿着一袭黑衣，蹬着黑色的靴子。那黑衣很古怪，并不是世界上任何一种正常的黑色，仿佛是能吸收光线的黑色旋涡。

"你……你这是违法的！"蒲本茂色厉内荏。

"和你盗窃他人成果相比，哪个更严重？"来人死死地扣住他的肩膀。

"那好，你们想要什么？"蒲本茂喘息着，努力使自己平静下来。他知道自己早晚都躲不掉，但没想到他们能找到这里来。

"把投入微世界公司的资料都删除，然后你自己消失！"

"好的。不过……这样的代价太大了吧。我得换身份，还要匿名。"

"你违背入会誓言，所以必须照办！"来人毫不客气，"否则，我们总会让你履行誓言！"

"好好好。我照办。不过，放松一点，我的师兄，那边服务生会看到我们。那还有监视器。咱们……"

趁来人稍稍走神，蒲本茂猛地一推对方，那个黑人被推得凌空飞起，像被一柄重锤命中胸部。他摔到十米外的地方，但是两脚马上死死地钉住地面，重新扑过来。

仿佛知道自己打不过对方，蒲本茂一推得手，并没有借机扑上去再战，反而飞身跃出栏杆！蒲本茂当然不想自杀，栏杆外面，下方十几米远处有一排外置的金属架，清洁工吊到大楼外面进行清洗工作时，每隔几十米需要有东西固定一下，这便是其中的一排护架。蒲本茂像蜘蛛侠那样凌空飞过，死死地抓住那排护架。

正常情况下，蒲本茂绝不可能跃到那个位置上，也不可能抓得那么紧。可现在一切都不正常！

下一瞬间，追踪者在上面探头俯瞰。他不熟悉此处地形，不敢妄动。蒲本茂抓住金属架，稳住身体，挥起拳头，击碎了面前那面钢化玻璃。然后闪电般地连挥几拳，在窗面上打出一个不规则的洞，钻了进去。

这些都是钢化玻璃，即使用大锤都无法打破，这个看上去瘦小乏力的男人却可以徒手将其击碎。蒲本茂钻进屋子，四处一看，是还没租出去的空写字间。虽然无人使用，但是安全系统一直在运转。玻璃窗被击碎后，底层保安室立刻响起警报，信息又反馈到正在这几层巡视的保安。

不过，这一来一往，有几十秒的间隔，完全够蒲本茂利用。他纵身一跃，就蹿过从窗到门的几米距离，用力扭开门上的电子锁。那东西可以防盗，但防不住暴力。

等两名保安冲到这一层时，迎面正遇到蒲本茂往电梯间走。此时的蒲本茂已经整好衣服。脸上虽然还有几分惊慌，大体上看不出有什么异样。天天不出大门，保安对这个日本人印象很深，连忙问道："先生，刚才听到这里有响动，你发现了什么吗？"

"我也听到了，应该是那间屋子里，不知出了什么事，所以我想赶快回到自己的房间。"

蒲本茂说完，匆匆走进电梯间。他的房间不在这层，遇到意外想马上回避也可以理解。两个保安径直奔向系统提示遭到破坏的房间，走过被撞散的门，进入空屋子，望着那个破洞，两个人眼睛瞪得大大的。外面是两百多米的半空，谁能从那里闯进来！

"你们刚才在和一个人在说话？"对讲机里，保安组长在询问。

"微世界的老板，就是整天不出门的那个日本人。"

"他就从这间房子里出来的！"

听到这里，一个保安便想打开应急灯，检查房间里面的情况……突然，他感觉到有人从身边蹿过，吓得尖叫一声："啊！谁！"

另一个保安也发觉屋子里有人。但是，他们在昏暗中只看到一团模糊的影子，缥缈恍惚，似乎不是实体！"发现了什么？"对讲机里，身在底楼的保安组长问道。两个保安受惊过度，一时回不过神来。

"怎么啦？你们怎么啦？"

"窗户……窗户破了……从外面……"一个保安镇定了下来，"对了，那个日本人进了电梯间，可能已经下去了。"

不，蒲本茂根本没出现在电梯里。底层大厅里的保安分散到各个电梯口，等到电梯下来，把它们一一锁住。确实没有蒲本茂！

保安组长又重看过46层所有监控录像。此时，派出所警察也赶到这里。他们和保安人员一起，上上下下地搜查。然而，蒲本茂却在无缝监视下融化于大厦的空气中！

安全通道呢？只有那里没装监控，除了火灾，谁会在46层那么高的地方走安全通道？然而监控录像显示，蒲本茂到了电梯间后并没有进入电梯，而是走进旁边的安全通道。但是，他也并没有从那里走下来！

也许蒲本茂是在朝上走？或者从什么地方转去其他安全通道？防火避难层平时没有人，会不会隐藏在那里？到第二天上午，警察和保安搜遍大厦里面所有疑点，依然没找到蒲本茂。

更奇怪的是，没有任何录像显示还有人从出事房间里出来。除了蒲本茂，出事房间门口就只有保安在出出进进。警察和保安这番搜查，自然惊动了大厦里还没离开的租客。不久，一个英国律师事务所的合伙人找到警察，提供了线索。雾很大，又是午夜，他是整栋楼里唯一看到蒲本茂飞跃到外墙那里的人。

"我确实看到他，从那儿飞到那儿。是那个日本人，那以前我还在观景台上见过他。"

"他一个人在观景台上？"

"一个人。"

考虑再三，第一时间赶到出事房间的两个保安还是把他们遇见的灵异事件讲了出来。警察听了，却不知道该不该做笔录。"还有另外的人从4681房间出去？录像里怎么没有？"

"一个人看花了眼，两个人不可能都看花了。"硬证据摆在面前，保安不好直接争辩，但心里又不服气。

"哼！这栋楼可是刚建成，闹鬼还早了点。"警察对此不予理会，这个细节就被暂时忽略了。

所以，从头到尾都没人看到那个黑人，只知道蒲本茂突然发了疯，闯入一间空屋子，然后彻底消失掉。

◇◆

第三章　纳米新世界

调查处的车子沿着迎宾大道开向天津市区。开车的是马晓寒，她本科在工程学院读材料专业，和杨真一样，也是在"科技强警"的战略中被吸收到公安大学读研究生的。杨真此前一直只是个空头副组长，没配助手。那天在新人入职讲座上，马晓寒的提问让她产生了好印象，再加上她的专业正好与杨真眼前的任务有关，于是她就请李汉云将马晓寒派给了她。那边技术组的韩悦宾也想要这个人，但碍于情面，还是让给了杨真。

读本科时，马晓寒曾经参加过纳米技术研究课题组，给老师兼专家们打下手，研究普通金属材料如何通过纳米技术进行强化。一枚普通钢钉经过这种技术处理，甚至可以钉入钢板。当时，虽然马晓寒只是打扫卫生、整理仪器，但好歹也算与纳米科技有过接触。

今天，她们特意来拜访北风纳米科技实业集团公司总裁陈建峰。这位总裁号称纳米狂人，不仅在该领域钻研二十年，还经常跑到各种场合宣传纳米技术的前景，杨真就在月光社里听过他的演讲。

不久前，旭日新闻社科技记者北山隆史写了篇报道，题为《纳米七杰与他们的新世界》，介绍了世界范围内兴办和主导纳米产业的七位强人。除了陈建峰，还有台湾地区的薛志全、日本人前田真一、德国人施密特、印度人卡塔利纳尔、美国人克拉克、俄罗斯人斯卡洛夫斯基。除了施密特是公司技术主管外，其他六人都是创业人。"纳米七杰"这个称呼富有新闻性，一经提出，不仅在行业内，就连社会上也小有反响。

　　车子驶入滨海新区，在一片钢筋水泥丛林中，一栋银白与亮黄相间的高层建筑分外引人瞩目。由于这里靠海，新建的大厦往往只光鲜一两年，很容易变得灰头土脸。这栋大厦却能够长期保持亮丽，它的外墙全部涂有自我净化功能的纳米涂料，这使得整栋楼的造价增加了八千七百万元，但这只是变相的广告费。大厦所有者就是开发这种涂料的北风集团。如今这栋楼已成地标性建筑，向当地人问路，一说"纳米大楼"，许多人就会指向这座彩色大楼。

　　陈建峰不仅搞研究，也重视宣传，在大厦第一层专门安排有纳米技术体验厅，派了若干位讲解员守在这里，带领访客遍览神奇的纳米技术世界。体验厅正上方镌刻着一行大字：

电力出现后人类最伟大的创造——请进入神奇的纳米世界。

"怎么样，够夸张吧，不愧是纳米狂人。"马晓寒指着那行字赞道。标语不仅说明展厅内容，也衬托着主人的性格。

"每个行业都需要这种鼓动者。"

杨真在母亲那里就听过不少科研带头人的故事，又在月光社亲自接触过他们，对此很有体会。她们比预约时间提早一个小时过来，就是想看看这个展厅，马晓寒便给她当起了导游。

走进大门，这类标语随处可见，都是纳米行业前辈的名言：

人类可以用小的机器制作更小的机器——诺贝尔奖获得者理查德·费曼

纳米碳管是未来的最佳纤维——诺贝尔奖得主斯莫利教授

微米技术，过去的科技巅峰；纳米技术，未来的科技巅峰——诺贝尔奖获得者罗雷尔教授

纳米！IT、基因之后第三大科技热点——中国工程院副院长白春礼

......

远在1959年，诺贝尔奖获得者理查德·费曼便预言，人类终将能逐个地排列原子，制造尺度小到极限的产品，这便是关于纳米技术最早的梦想。1974年，科学家唐尼古奇最早使用"纳米技术"一词描述精密机械加工。1982年，科学界发明出研究纳米的重要工具——扫描隧道显微镜，真正让人类看到了原子世界。

如今，纳米技术在多年的积累中已经悄然成熟，来到人们身边。

迎门的那面墙壁上挂着一张放大到夸张程度的照片，高近三米，长达六米。照片上是一幅模糊的世界地图模型，由无数细小圆球组成。陆地部分凸起，海洋部分凹下。

"这个……不会是用原子拼成的吧？"杨真猜测道。

"说对了，用七千个硅原子拼的！"马晓寒跑到照片下面，指着那一片片斑点。"移动单个原子是纳米技术的最高境界。不过这种技术还没有实用价值，陈总拼这么个

东西，就是炫一下技术。"

杨真走到那个原子世界模型前面，仰望良久，几乎忘了此行目的。宏观与微观融合在模型里，堪称"芥子须弥"。这是技术结晶，也是心境的表白。

"用微观技术重塑宏观世界，是这个意思吗？"

"也许吧。以前人们玩这种技术，最多是拼写本公司的LOGO，陈总的理想很远大。"

在这片原子世界下面，有一排纳米医疗科研成果展示台。离她们最近的玻璃柜中，一只眼球摆在小巧的坐架上，铭牌上标记着"纳米眼球"。

"这个产品……纳米技术被应用在什么地方？"杨真打量半天也看不出名堂，"摄像镜头吗？"

"不是。微型摄像镜头很早以前就发明出来了，那还是微米级技术，移植到眼眶里与人体组织不能融合。这是用纳米技术制造的类骨磷灰石晶体，人体组织可以包裹它生长。"

"也就是再生眼球？"

"据说可以让所有盲人复明，不过这还只是概念演示，没有真正实现。"

接下来，杨真又看到纳米再生骨骼、纳米肾脏等成果。正在参观，她们碰到一群人聚在一起。一位女讲解员拿着根细针站在里面讲解，那东西酷似针灸用的长针，只不过后面连着根很细的导线，另一端是一台仪器。

"各位观众，现在我来演示纳米麦克风。这枚长针里有个纳米听筒，很细，细到能插入单个细胞内部，采集来自细胞的声波。对，细胞活动也会产生声音，只是太微弱，咱们的耳朵听不到。经过滤波、放大等过程，我们就能听到细胞的声音了。现在，请哪位勇敢的朋友配合一下？哪位？一点也不痛的。好，这位女士——"

杨真高高举起了手，这时候她完全不像一位女警官，而像是一位充满好奇心的孩子。连马晓寒也吃了一惊，她还不了解自己这个新上司。人群让开，杨真走到演示台前，按照要求挽起袖子，露出前臂。长长的电极刺进皮肤，因为太细，杨真什么感觉都没有。讲解员停下来，按动末端的按钮。

"好，请您不要动，这样就好……"然后，讲解员打开仪器，观众屏气凝神。接着，一阵异声怪响从那里传了出来。

丝丝……哗……啪啦啪啦……咔咔……

这声音听得杨真有些毛骨悚然。宏观世界里有风声、雨声、鸟鸣，有都市里的车水马龙。人的耳朵早就习惯了这些声音。乍听到来自微观世界的声音，谁都有种异样的感觉。更何况这些声音就发生在自己的体内，此时此刻，每时每刻！

"大家知道这声音是怎么产生的吗？"讲解员仔细辨认了一下，解释道，"这个细胞正在进行有丝分裂，它将会分裂成两个细胞。这是人体新陈代谢的基本过程。每时每刻，人体内都有数以亿计的细胞在分裂。"

有丝分裂？以前只是个抽象的科学概念，现在杨真却能听到它的过程。技术什么时候已经发展到了这一步？还有哪些划时代的技术隐藏在不为人知的角落里？它们又将对人类社会产生怎样的影响？

杨真和马晓寒离开这里，又去参观纳米材料成果展台。一个悬在玻璃箱里的金属球吸引了她们的注意力。这枚金属球如果是实心的，应该有十几公斤重，但现在竟然飘浮在玻璃箱里。杨真走过去，贴近了仔细观察也看不出名堂来。

"这是怎么回事？磁悬浮？"

"哈哈，布展时玩的花样。"马晓寒看明白了机关，笑道，"金属球被一根细丝悬在这里，不是碳纳米管就是石墨烯。其实你仔细看，能找到这根线。他们巧妙地利用了光线的迷惑作用，让观众不容易找到。这算是技术加魔术吧！"

　　她们又走到纳米器件展台，那里最显眼的就是一只飞碟模型，由金属制造，外观很漂亮，在碳纳米管细丝牵引下绕着讲解员往复运动。有了刚才的经验，杨真马上看出若隐若现的细丝。不过，此处吸引她们的并不是那个飞碟模型，而是讲解员的解说。

　　"大家好，现在请看神奇的纳米飞行器。"讲解员用清脆的声音做着解说，"普通飞机起飞要依靠高速运动时机翼获得的升力。没有足够的初速度，普通有翼飞机就无法起飞。未来的纳米飞机不是这样，它的表层安装数亿个与空气分子接触的微型机器装置，这些微型装置直接与空气分子摩擦产生升力。而且可以在机身各个方向上获得反作用力。这样，纳米飞机便可以在任何地方起降和悬浮，还能在空中急停或者90度转弯。传说中的UFO可能就是这样飞行的。假如UFO真是外星人制造的话，他们一定运用了纳米技术。"

"真的有吗？"杨真像是在自言自语。

"你是说外星人的飞碟？"马晓寒问。

"不，我是说这种纳米飞机。"

"这也只是概念演示。"马晓寒指指那个模型，"如果是真正的纳米飞机，纳米装置数量太大。让数亿个微型装置同步协调，飞机上要装几台'超算'才行。"

两个人又转到其他地方。杨真这里看看，那里听听，忽然她停下来，拿出手机看了一下屏幕。

"时间到了，咱们上去吧！"

◆ ◆ ◆

陈建峰的总裁办公室就设在"纳米楼"顶层。和他倾注一腔心血的微观世界相反，陈建峰是个北方大汉，再加上发福，更显伟岸。办公室空间也很大，换别人坐在这里会显得有些空旷，陈建峰却拥有和它相配的壮硕体格。

秘书引导杨真二人走进办公室，马上就感觉清新空气扑面而来，仿佛并非置身于钢筋水泥的包围之中，而是在海南岛的植物园。杨真进出过无数写字楼，早已习惯了的那种混合着漆味和油墨味的死寂气息，在这里却完全嗅不到。"这里的空气……"杨真吸吸鼻子，意识到什么，脑子里搜不到那个名称。

"这是光催化分解。"马晓寒解释道，"以前建筑物要净化空气，用负离子发生技术，要么就是活性炭过滤。光催化技术神多了，可以将不洁物质无痕分解，永远不需要替换介质。"

不仅空气用纳米技术过滤，屋里各种家具都装着纳米自洁玻璃，自动分解玻璃上附着的污物，还能杀灭空气中的细菌和病毒。沙发旁的茶几上摆着新型饮水器，内置纳米滤膜。就连陈建峰身上都裹着纳米技术。他穿着挺括的西装，布料表面衬着处理过的纳米材料，不仅永不起皱，水或污物洒在上面就会自动滚落。

"光看广告，以为是假的呢！"杨真好奇地摸着这些材料。

"广告里面那些很可能是假的，我这里都是真的。"陈建峰十分自豪。他在月光社里见过杨真，也没拿她当外人。见面后就递出一张容量一万GB的超高密度纳米材料光盘，里面有陈建峰的演说实况，还有各种技术演示画面。

"您的演说我早听过，展馆还是第一次见，真的很开眼界。"杨真接过包装精美的光盘，夸奖道。

"好是好，不过陈总掘的第一桶金，我可没在展厅里看到。"马晓寒熟悉这个行业的来龙去脉，和陈建峰开起玩笑。发现杨真没听懂，马晓寒侧过身，神秘地朝她一笑，"陈总第一桶金就是从桶上掘到的。"

"哈哈，不用那么委婉，不就是抽水马桶吗？"陈建峰爽朗地揭开谜底，"当年我在实验室里干活，跟着学究们研究纳米科技。我问老师，这东西能赚钱吗？老师懂技术，哪懂赚钱。我就说，您那里不是有纳米自洁材料吗，用在厨房卫生间多好！老专家一听就急了。我这是尖端科技，宇宙飞船里面还没用上，你拿去造马桶？结果我就辞职下海，造出纳米材料的马桶。"

"原来是这样。"故事把杨真逗笑了。接着他们进入正题。来之前，她已经把咨询题目通过电子邮件发给陈建峰，所以对方早有准备。纳米狂人认真地思考过那些问题。"有个细节很重要，施特伦格尔遇刺后，美国安保人员肯定排查过在场宾客，有没有找到嫌疑人？"

杨真和马晓寒对望了一眼，问题的答案在美方手里，她们并不知道。

　　"从技术角度看，这相当重要！如果现场有嫌疑人，说明那种微型武器需要有人近距离操控。如果没有，它们就是被人事先放在场地里，定时启动，自动搜索目标。

　　"区别大吗？"

　　"你们警方肯定有无人机，能放出去让它们自己跟踪目标吗？肯定不行，要有人遥控。如果把无人机压缩到这么小，遥控人员就得在附近，几十米范围内。如果是这种东西，我安排技术部门搞一两个月，就能弄出个山寨版，压缩到黄豆大小都没问题。但如果它们能自动搜索，那就太不寻常了。"

　　"如果就是自动搜索呢？"杨真虽然也不知道现场的情况，但她却有一种预感。

　　"如果……"陈建峰陷入思考，"各国的纳米技术……军用的、民用的我都知道，单凭现在的技术，不可能造出自动版！现场一定有嫌疑人。"

　　讲到这里，陈建峰离开眼前的具体问题，飘到遥远的未来："历史上那些尸山血海、残垣断壁的战争，其实都没必要。干掉对方几个、十几个战争决策人，就会不战而胜。但你要逐一打败士兵、排长、团长、司令，才能干掉大Boss，这就难了。所以这才是真正的斩首行动。如果你说世界大国没秘密研制这种武器，打死我都不信。"

杨真知道，至少中国军方还没有这种研究计划。陈建峰告诉她，这种武器很可能是从某国军方实验室里流失出来的，被恐怖分子或者犯罪分子利用了。

但是，凭借处里的信息渠道，杨真已经初步排除这个可能。她又问道："如果不是商业公司，又不是各国军方，恐怖组织能够开发它们吗？"

"那更不可能！"

"为什么？"

"他们没有足够的钱！"陈建峰用手画了个大圈。"那需要实验几百上千次，要慢慢积累经验，几亿美元都不一定够用。据我所知，没哪个恐怖组织有这么多钱。"他又指指桌上的液晶电脑屏幕。电脑一直开着，半天没人用，此时，变幻线屏幕保护正在飞快地旋转着。

"恐怖分子没有足够的科研人才。电脑这东西我从286开始玩，早就熟悉了。但你要我自己设计一台，那根本不可能，我得雇很多计算机专家才行。恐怖组织最多只能找到应用方面的高手，至于研发方面的高人，还必须有一群，各学科都有……我实在想不出那种可能性。"

陈建峰还是坚持他的思路，这种暗杀技术可能是从某国军事实验室里外泄出来的。"当然，这种可能性仍然很小，但它已经是最大的一种可能了。"

"仍然很小？"杨真不解道。

"您认为，以美俄军方的实力，也未必能把它研制出来？"马晓寒讲出了陈建峰没敢说的话。

"确实如此。"或许是认识到一山更比一山高，陈建峰远没有刚才那么狂放，"凭我对纳米技术的了解，什么军方、恐怖组织、科学狂人，都不可能搞出自动寻踪、自动攻击的纳米级武器。所以，最大可能就是恐怖分子混入了现场。"

消化了好一会儿，杨真才又开口咨询："我换个问题。从全球范围看，最近出现的纳米技术新成果里，哪些超越了您先前的预计？"

陈建峰扬了扬眉毛："要说能够让我大吃一惊的成果，第一便是翁海明他们搞出来的纳米阵列式诊疗系统！"

杨真一惊。她还不懂纳米技术的深浅，但她听翁海明讲过他的疑惑，而现在，陈建峰又用这种语气提到翁海明等人的研究成果。

"对于这项发明的先进性，媒体虽然大量报道，可记者都不在行，也就知道是个新成果。但我们这些圈内人都被震撼了，这东西简直……"陈建峰望着窗户，好像见了鬼，"即便十年后它能问世，也得算十分惊人的科研成果。那种……系统控制手段……那种集成度……"

术语很多，杨真不容易听明白，干脆就花精力观察对方的表情。

"那种技术……如果不是用于诊断治疗的话，倒是杀人的好方法！"

不仅可疑，而且有恶性扩散的嫌疑，杨真在心里记下这条线索。没容她多想，陈建峰又接着说出第二条让人震惊的消息。

"还有一家微世界科技公司，不知从哪里冒出来的，他们在纳米尺度动力机械方面有飞跃性突破，也是……至少超越同行十年以上。对了，如果说和施特伦格尔被刺案有关系的话，微世界公司的成果更接近。那种苍蝇大小的导弹，飞行轨迹又那么像真苍蝇，必须有强劲的超微型发动机。这才是技术难点！微世界公司在这方面走得最远。我敢说，美俄军方肯定也在研究这种超微型发动机，但绝不会比他们的成果更先进！"

"凭借微世界的技术，就能装备那种苍蝇导弹？"杨真一针见血。没想到，陈建峰又停顿了极长的时间。

"我和你说心里话吧，我不认为你说的那种东西是人类今天能制造的！如果咱们中的一个人，什么设备都不带，就从楼顶跳出去，然后在天上飞。也许一百年后能实现，但是今天出这种事，那就是奇迹。在纳米专家眼里，苍蝇导弹就是类似的奇迹。即使微世界公司已经公开的技术成果，也不足以装备那种微型武器。不搞这个专业，根本理解不了一种技术突破有多难。但是翁海明团队，还有微世界，成果真真实实，用隧道扫描镜都找不到作假痕迹。除非他们个个都是爱因斯坦！"

"他们有几个爱因斯坦？"杨真问道，"我是指出色的技术研发负责人。"

陈建峰知道杨真的思路，答案最终还要聚焦到具体的人身上。"微世界那里嘛，是个日本人，叫蒲本茂。以前毫无名气，突然就冒出来了。"

"毫无名气？他以前不搞纳米科技吗？"

"以前他也搞这一行，但只是二三流技术人员，我看过他的履历。"

发现已经问得差不多了，杨真辞谢出来，消化着此行的收获。此时的她实际上还没有什么紧迫感，仅将其当成一个工作课题。但没过十小时，纳米罪案的焦点便从遥远的美国转向大洋彼岸。

◆ ◆ ◆

从小小的调研室，发展到今天的调查处，一个重要的变化就是逐步建立了各种预警机制。地方上凡有涉及高科技公司的犯罪，都能汇总到这里。即使当地警方还没提出侦查协助的请求，他们也可以自行介入。在之前一系列案件中，高层已经注意到科技犯罪的巨大破坏力，遂赋予调查处这种先斩后奏的权力。

案发七小时后，微世界科技公司的名字就出现在调查处的预警系统里。第三天上午，杨真已经带着马晓寒赶到现场。这起事件的财产损失不过是一块玻璃和一扇门，但由于蒲本茂失踪二十四个小时，当地警方已经把它列为人口失踪案。

附近的派出所所长接待了杨真，这几天他都在带人调查这件案子。上级要求配合调查处的工作，但是他还不知道这个部门的性质，甚至第一次听说这个机构，还以为是公安部里面某个技术支持部门。从只有七个人的调研室算起，到现在为止，高科技犯罪调查处成立刚过一年，许多基层警察都还不知道它的存在。

来不及寒暄，杨真直奔现场。部里的人这么看重这件看似不大的案子？所长非常奇怪。杨真现在也很难说清它的意义在哪里。如果不是恰好陈建峰提到蒲本茂，她也不会注意到这个案子。

两个人在所长陪同下，乘着清洁工人的升降梯，来到蒲本茂击碎玻璃的地方。悬在两百多米的高空，她们强忍不适，仔细观察着破损处。

"这种玻璃需要一千公斤以上的力量才能打碎。"所长介绍道，"世界拳王也没有这个本事。"

"能肯定他是空手击碎，没用任何设备？"杨真问道。

"有个老外目击者是这么说的，但那时雾很重，他也可能看花了眼。不过我们在这里提取到了人体组织，至少，蒲本茂在这里划破了手。"

他们又来到大厦安保处，听负责人介绍情况。"当然，说是无缝隙监视，其实不可能每个角落都装上摄像镜头，那样会有太多信息，我们看都看不过来。"大厦里发生了这样的奇案，安保负责人下意识地回避责任，"但我们没安排监控设备的地方，都是外人不可能到的。像维修管道、中央空调管道什么的。要知道，我们只是防备普通人，没想过防备蜘蛛侠！"

在她们到达前，当地警方已经找到了线索，证明蒲本茂确实像蜘蛛人那样钻入维修管道，从那里朝下爬了近二百米，又钻入空调管道，从离地十多米的一个通风口飞跃而下！落到后院外面，然后消失。这些地方都留下了攀爬痕迹，或者重重的脚印。蒲本茂完成整个过程，估计用了十几分钟。当时保安都堵在大厅里，等着他乘电梯下来，没人注意到这些地方。

"他一定是在躲什么人。"所长凭经验进行分析，"我们从天台上、从写字间里找到一个陌生人的脚印，但在监控里却看不到这个人。而且……大部分脚印很正常，但有几处脚印显示后蹬的力量很大，蒲本茂有些脚印也是这样，远远超过人类腿部肌肉力量的极限。"

杨真同意所长的看法，蒲本茂身为合法租户，遇到威胁完全可以寻求保安或者警察的帮助。"晓寒，这事你有什么看法？他可是纳米公司的技术主管。"

"有一些……想法还不成熟……还要再想想。"

"有什么设想你就说吧，先不管它可不可能。"

马晓寒点点头："我想找到微世界的人，问问蒲本茂平时的生活习惯。"

微世界老板张保林此时就在隔壁。公司出了这样的事，他不敢离开现场。听说有位"部里来的杨警官"要再询问案情，张保林迫不及待走进来。

"蒲本茂……说实话我不算了解他。作为风险投资商，我对技术不在行，只关心它们的市场价值。我和蒲本茂联手创办这家公司的具体过程，这段时间签的各种合同，我已经让秘书准备好资料，我们会配合警方调查。"

杨真意识到这位张老板急于撇清自己。"为什么不积极地为合作伙伴辩护，是不是早就觉得他有问题？"杨真心里思量着。

"至于蒲本茂，生活上挺古怪，不过倒没有什么大问题。吃喝嫖……总之没什么坏习惯。我一直把他当成技术宅。现在看来可能走眼了，可要说有什么值得怀疑的地方，我确实看不出来。"

正说着，张保林的秘书拿着一堆资料进来。张保林急忙接过来打开，抽出其中一张。"你们瞧，这是我和他签的合股协议，重点是这条，如果蒲本茂提供的技术与第三方产生专利纠纷，由蒲本茂承担全部经济责任和法律责任。"

"这些我们会带回去调查。"

果然，张保林也怀疑这些技术来路不正。杨真转过头，示意马晓寒提问。马晓寒点点头，问张保林："蒲本茂穿着打扮有什么反常的地方？"

"太反常了。"张保林一听是这个问题，马上脱口而出，"这个季节多热啊，他却穿那么多。我还想他是不是有什么病，肾虚？他从不运动，天天坐在电脑桌前。看样子身体就很虚。"

"他不是一直住在公司吗？难道穿着衣服睡觉？"

"每天他都是西装革履，直到把最后一个人送走。然后怎么样，就没人看到了。"

马晓寒没再问下去，等离开微世界，杨真问这个新助手："你猜到了什么？"

"也许是用'铰合分子'制造的人工肌肉！"马晓寒伸出右手拍拍左臂，"'铰合分子'是通过纳米技术加工的塑胶制品，做成人工肌肉后能直接由人体神经系统驱动，可以提供比人体肌肉强大几倍到十几倍的力量！"

然而，这东西全世界只有几个实验室在设计。已经做出过样品，但是马晓寒不记得有哪一家把它发展到如此实用化的程度。不过，假如蒲本茂真在身体上配备了这种设备，那倒会留下一条线索。

"他可能受了伤！人工肌肉力量很强大，但是身体其他系统可是天然的，很难适应，尤其骨骼。要是弱不禁风的宅男，猛然间使用人工肌肉……"

马晓寒推测，现在蒲本茂不排除遭受骨折之类的伤害，也许正躲在什么地方养伤。正在这时，杨真的加密手机响了起来，是李汉云的电话。

"那边的事情让马晓寒盯着，你马上回处里，美国方面派人来请求我们协助调查！"

　　这次来的又是斯威基，施特伦格尔是他的老上司。现在施特伦格尔遇刺，斯威基负责调查这个案件。事发后，他们已经筛查了美国本土的纳米科研院所与企业，没发现谁研制出相关技术。于是便怀疑恐怖分子将研发基地设在了国外，并且很有可能设在条件优越的中国。

　　因为与高科技犯罪调查处合作愉快，斯威基又想到了这些老朋友，便发来合作调查的请求。当初安排杨真收集资料，只是一项预防性的研究，没想到这么快就派上用场了。杨真回到调查处，李汉云先把斯威基跨洋提供的资料交给她。

　　刺杀施特伦格尔的武器原件均已炸毁，无从判断，但他们在尸体上收集到环三亚甲基三硝胺。这是一种高能炸药。普通的环三亚甲基三硝胺颗粒只能精细到亚微米级，调查人员却收集到纳米级的颗粒。从理论上讲，如果能将微米级炸药颗粒分裂成众多尺寸为纳米级的颗粒，总体表面积将增大上百倍，化学反应会更强烈。

　　长期以来，阻碍武器微型化的主要障碍就是爆炸力。

武器制造得越小就越灵巧、越隐蔽，但威力也会变小。如果爆炸力还不如一颗爆米花膨胀的力量大，再隐蔽也没有意义。这种纳米炸药显然是关键的技术突破口。

"果然又是纳米……"杨真兴奋地一拍卷宗封面。

"你已经找到什么线索了吗？"

杨真能鼓励马晓寒大胆推测，那是因为李老师就经常鼓励她这么做。"可能有个秘密组织，至少在纳米技术方面，更准确地说，在纳米技术的某些领域中，领先当今世界同行的水平！"

"哦？"

"纳米实验室和生物医学实验室差不多，不需要很大空间，耗电量也少。许多纳米机械不是组装出来的，而是从材料中'生长'出来的。一个先进的纳米实验室完全可以藏在写字楼、仓库、地下室，甚至卡车里。"

李汉云笑了。"其实，刚开始我怀疑这是从他们秘密军事实验室里不慎扩散出来的，他们也这样怀疑我们。如果都可以排除的话，双方倒是能建立互信，共同对付神秘的敌人。"

第二天下午，斯威基带着助手来到调查处，杨真负责与他合作。双方在互信的同时又相互警惕。事关高科技，能说什么，不能说什么，杨真事先都要反复请示。谁都不希望对方国家抢占科学技术制高点。不过现在还是以协作为主。斯威基顾不上倒时差，一见面便摆开资料和杨真讨论起案情。

"施特伦格尔是我大学时的导师，后来又是上级，这份感情我想你能理解，不管花多大代价，我都要找到杀害他的凶手。"

杨真表示了哀悼。施特伦格尔在高科技政策方面素有远见卓识，这种敬意只有同行才能理解。"我想问一下，你们肯定排查了现场来宾，有没有发现可疑人员？"

"你的意思是……"斯威基显得有些戒备。

"如果现场无人操作的话，说明那种微型武器可以自动导航。现在我方没有哪个研究机构掌握这么先进的技术。相信你们也没有吧？"

经过一段时间的准备，杨真讲得很自信，仿佛已经是个纳米专家。斯威基点点头："确实没在现场发现可疑人员！施特伦格尔死于一种超现实的技术。我们军方没掌握，如果你们也没有，那才真正可怕。恐怖分子抢到了我们前面。"

一直以来，美国政府就十分担心在技术上被动落后，甚至还为此成立了国防高级研究计划局。它的宗旨就是如果发现某种技术理论上能威胁到国家安全，那就预先掌握它！而这次，他们却没能预见到！

"如果这项技术不是从你们美国的高科技部门泄露出来的，那——"刚说到这里，杨真的手机震动起来，是马晓寒打来的紧急加密电话。她向斯威基做了个抱歉的手势，走到外面接听。

"蒲本茂找到了。"

"哦，太好了。"

"可惜是具尸体！"

◇

第四章　超级谋杀

施密特·范德伯格，Trixell公司首席技术执行官。这是一家研制纳米医疗器械的企业。依靠它的成就，施密特也成为"纳米七杰"之一。

为什么是七杰之一而不是老大？施密特自然有这份雄心，而能让他自豪的就是纳米集成医疗系统研制计划。多年的辛苦，今天，他终于可以在新闻发布会上把这个颠覆性成果向世界公布了。但是很可惜，他没有什么喜悦，中国的宏达公司已经在半个月前发布了类似的研究成果。

还有一个无法启齿的理由，他甚至不能让部下知道。

施密特克制着灰心丧气的感觉，走上展示台。在他身后，大屏幕正在展示有关的技术资料。

"各位来宾，公司授权我发布纳米集成医疗系统研制成功的消息。这是人类医学史上的重大突破。当然，你们都知道，在大洋彼岸，中国宏达公司不久前也发布过类似的成果。我们是竞争对手。但有幸能够一起为人类的医学事业做贡献，我感到无上光荣。"

施密特一页页地讲解着，其间还要回答记者提出的种种疑问。在发布会中途，主持人还专门接进一个视频电话，翁海明在万里之外向同行表示祝贺。"就像牛顿与莱布尼茨，华莱士与达尔文，我们双方几乎同时达到目标，这说明科技进步的完成确实有规律可循。"不是自己努力的结果，翁海明显得很低调，"至于有记者问，为什么这两种诊疗系统内容非常相近，只能说技术规律在起作用吧！"

在屏幕上看到施密特尴尬地笑了笑，翁海明知道，自己领先的这十几天，就像十几公斤的砝码挂在施密特心上。当然，如果双方易位，自己现在也是一样，比起文艺，科技更容不下第二名。但是翁海明心里发虚，施密特虽然落后，毕竟是靠自己的本领搞出的最后成果。而这领先的半个月，哪里是我翁海明的功劳？

他不知道，施密特也处在同样的迷惑当中。唉，中国同行靠着本身的能力，而自己如果不是方女士，岂止半个月，再有几年也不会成功。不过那位移民德国的华裔女子行踪很奇怪，她好像洞悉研究方向，似乎是上帝派来点拨他的使者。而且竟然不图名不图利，等成果出来后，本人飘然而去，先前留下的各种通信方式都已联系不到人，搞得施密特差点想报警。

"施密特先生？您的答案是……"

一位男记者把走神的施密特唤回现场。他"哦"了一声，不好意思地笑笑。"抱歉，请再提一遍您的问题。"

"我的问题是，把成千上万个肉眼看不到的小机器放到我们体内，如果它们失去控制怎么办？"

"不会有这个危险。"施密特坦然回答，"每台纳米仪器不到细胞的十分之一，只有聚在一起才能发挥力量。如果失控，流散在体液里，人体免疫系统就会把它们清除掉，任何一个白细胞都能轻松地对付几台纳米机器。当然，新的医疗方法刚研究出来，人们都会担心它有危险，这我理解。一万个成功案例后，你就不会再想这个问题。"

"如果犯罪分子掌握这种技术，能否作为恐怖袭击手段呢？"

施密特耸耸肩。召开新闻发布会前，他就预计到会听到这类奇谈怪论。记者嘛，要赚读者眼球，不会提什么正经问题。"我想象不出，它们能够怎样用来害人……"

突然，一阵钻心的疼痛抓住了施密特。不，这不是比喻，恰恰从心脏位置产生了剧痛。怎么回事？自己不烟不酒，生活很有规律，从来没有心脏病。

没人注意施密特的变化，听了半天枯燥的技术介绍，大家都被这个怪问题吸引住了。那个记者的思维很发散，继续做着假设："您制造的这些纳米仪器肉眼都看不到。如果犯罪分子把它们偷偷放入受害人体内，再控制它们来伤害我们……"

"不会……不……不——不！"

全场听众都被施密特的喊叫惊呆了。记者的问题再刁钻，也不会把他气成这个样子吧？

马上人们就明白发生了意外，施密特捂住胸口摔倒在演示台上。工作人员连忙把他抬出去。一路上，记者们都看到他在痛苦地挣扎，或者是在不停地抽搐。

半个小时后，在场所有记者供职的媒体都换掉预先安排的版面，从"Trixell公司推出最新医疗成果"，变成"纳米七杰之一施密特离奇死亡"！

十几个小时后，更有一家消息灵通的媒体从警方那里打探到消息：验尸已经做完，施密特主动脉和左心房之间破开一个小口，心脏泵出的血液不经过身体循环，直接回到心脏，导致整个身体失去了正常的血液供应。

这不是任何一种心脏病的症状，破口完全是被机械力量硬钻出来的！

◆　◆　◆

蒲本茂的尸体出现在他失踪的城市百公里之外。逃离大厦后，他支撑着受伤的身体于凌晨来到邻城，用中文化名和假证件住进一家快捷酒店，一天都没出屋。第二天服务生开门打扫房间，发现他已经死在屋里，他全身的衣服都被剥光。死因很简单，有人割下他的头，血淋淋地扔到一旁！

留在当地的马晓寒赶到停尸间，她是第一次看到这么残酷的现场，犯了好一阵恶心才忍住。法医把蒲本茂放到解剖台上，进行预验。"凶手刀子好快，我从未见过这么快的凶器。"法医指着死者颈部的断口说道，"皮肤、肌肉、骨骼……一刀贯穿！你们看这断口处，多么齐整。"

现场没找到凶器，法医只好重复自己的经验，将死者的创伤与警方在死者房间里的勘察结果相结合，于是认为凶器是把刀。但是，马晓寒一看到那种伤口，脑子里马上就浮现出"纳米大厦"一楼展厅里那根碳纳米材料细丝的影子。

"会不会是被勒死的？"

"勒死？绳子要多细才能把他的头都勒掉？"

马晓寒没法回答，心里预估着勒掉一颗人头的纳米丝应该有多大直径。零点一毫米？不，肯定还要细！那么，得需要一根肉眼看不清的纳米细丝！

很快法医又验明，蒲本茂全身多处肌肉、韧带拉伤，有一处骨头错了位，显示受到过强大力量的冲击。看到检验得差不多了，马晓寒便向远在北京的杨真做汇报。蒲本茂暗藏中国身份证，说明他对这种遭遇早有准备。联网查验表明，这个假身份证他是第一次使用。凶手取走了他的衣服，说明那种"铰合肌肉"并不附在肢体上，而是内衬在特殊的服装里。

"看他那干巴瘦的样子，平时肯定不运动。不借助外力，怎么能从两百米高的维修管道里爬下来？"

"你认为哪家公司能做出这种肌肉？"

马晓寒告诉组长，她见过的最棒的演示产品也像个大面团，只能固定在机械装置上拉动重物。距离这项技术的终极理想——代替人体肌肉，为残疾人造福，还差着十万八千里。

"这家微世界公司可以调查吗？它们会不会有问题？"斯威基听说这起奇案，立刻表示出兴趣。发生在蒲本茂身上的事情，怎么看都像是一伙犯罪分子起了内讧。

就在这时，美国发生的施密特死亡案也传到了这里。李汉云答应了斯威基的请求，安排杨真来具体执行。于是杨真命令马晓寒就地调查微世界公司，自己则去找技术预见组组长迟健民，请他估测一下那几种未来技术的出现时间。

迟健民暂时放下手里的任务，打开计算机，启动了自己的预测程序。"这是升级版的科技发展预测公式！我看过陈建峰的预测，他对纳米技术很在行，但毕竟不是技术预见专家。什么五年、八年之类的说法，都不够客观。现在，我需要你把以往成果、经费状况、科研能力、技术目标，每个大因素下面还有许多子因素……你要把这些数据给我。"

他们先将纳米微型导弹作为"技术目标"，杨真一样样报出收集到的相关资料，结果很快出现在屏幕上。

"喏，最快要到7.61年后出现。所谓最快，就是假设全球这个领域的人员和经费都集中到它上面。所以这个下限只是个假定，现实中不可能存在。"

"上限呢？"杨真好奇地问。

"无限遥远！"

"这是什么意思？"

"也就是整个行业的人都放弃去研究它。你看，现在还有人研究蒸汽汽车吗？当年它确实存在过。"

然后，他们又计算四十微米直径碳纤维丝的出现时间。马晓寒推测细到这个程度，碳纤维丝可以轻易地割下人头。计算机给出的答案是9.12年后！

内衬在服装里的纳米人工肌肉，下限时间为10.77年后。

能够在人体内搞破坏的阵列机器人，也许会出现在13.65年后！

虽然有公式和计算机，但所需要的数据很多，又需要查证许多资料。搞完这几个数据，已经到了下班时间。忽然，杨真又提出一个技术预见目标。

"再请你推测一下，纳米光学隐身技术的实现下限！"

听到"隐身技术"这个词，迟健民停下来望着杨真。这确实很离奇，但并非不存在于理论之中。

"是的，隐身技术！"杨真随手拿过一只杯子比画道，"假设这是一个人，在他身上安置无数个微型纳米装置，对周围环境的色谱进行扫描，再通过表面分子向另一方向反射，就能形成虚拟透明，而不是真正的透明。也就是说，你站在他面前某个角度上，只能看到他背后的景象。

"换个角度我还能看到他，对吗？"

"对，因为图像只朝一个方向播放。"

"这种技术有人研究吗？"

"已经有纳米专家提出过原始设想。这种隐身术不光可以欺骗肉眼，还可以欺骗任何光学设备，比如监控。我怀疑蒲本茂在环球金融中心被一个穿着纳米隐身服的人追赶过！"经过这些天的恶补，杨真对纳米技术也成了半个行家，"当然，现在做不到百分之百隐身。不过大厦监视系统分辨率低，当时又是夜晚，走廊里光线也不强。如果那个人缓慢行走的话，应该能骗过监视系统，甚至能骗过保安。"

"OK。咱们既然已经进入未来世界，就不用管它是否现实！"迟健民把手放到键盘上，"你把这种未来技术的相关数据告诉我吧！"

第一个数据是现有的科研投放，杨真打电话咨询马晓寒。"什么，纳米光学隐身术？对，我知道，但是，这个数据为零！"

"什么？"

"据我所知，全球没有任何科研机构开始这种隐身技术研究，这只是纳米专家茶余饭后玩的脑力游戏。"

"那也可以预测。"一旁，迟健民计算了半天，兴奋得两眼放光，"我调整一下公式，引入虚拟基点，假设明天就有人开始研究它。经费嘛，就先假定有五亿美元。"

他们得到了一个惊人的结果：假设明天就有人开始投入正式研究，这项技术也要25.88年之后才能出现。

"不可能都出错，施特伦格尔、蒲本茂、施密特，他们的死都和纳米技术有关。"杨真叹道，"看来，我们要准备和超现实力量打交道了！"

◇

第五章　神秘的民科

"左面抬高点，再高点，对，好了。"

翁海明再次见到李金龙时，小伙子正在巴西塞阿拉州经贸开发公司驻重庆办事处前，指挥装修工人在门上方安装牌匾。这家公司在中国开展贸易活动已经有二十年，没发大财，但总是细水长流有赚头，分公司也在不断扩大。

发现翁海明驾到，李金龙抓过一条毛巾擦擦手，不好意思地和来客握握手，又和他身边的那位女士握过手。他在翁海明的课题组当过杂工，但没记得当时组里有这位女士。

"翁老师，你看，我这……"李金龙不好意思地指指身上的灰尘。

"你忙吧，我也是顺路来看看你。"

其实，翁海明是专程来找他的！身边站着心里同样充满问号的杨真。随着案件一步步发展，翁海明讲过的怪事突然就呈现出重大意义。

这是杨真第一次看到李金龙。这个二十五岁的小伙子给她留下憨厚朴实的印象。他有一副厚嘴唇，脸上带着羞涩，还有乡土气很重的普通话。这种特征的人满大街都是。

翁海明把杨真说成自己的新助理，两个人跟着李金龙来到前厅。"你怎么跑到这里打工？"翁海明非常惋惜，"你那么好的科研预判力，到这种地方不是荒废了？"

"咳，都是瞎蒙的，哪有什么预判力啊……这家公司老板搞医疗器械生意，缺个懂行的做经理。"李金龙笑得很腼腆，但是看不出伪装的痕迹，"对了，咱们那个诊疗系统要是想卖给巴西的医院，可以通过我们呀！"

按照事先的安排，此行由翁海明提问，杨真只摆起耳朵听。看到这位从前的勤杂工，翁海明心中的感慨油然而生。他并不知道杨真手中其他案子的情况，如果知道的话，恐怕就不仅仅是钦佩了。

"你怎么不考研？现在考研条件也放开了。"

"研究生？没想过。"李金龙显得很迟钝，语速也很慢。语言是思维的外壳，杨真感觉不出他有多敏锐。

"难道你不想在学术上更进一步？"翁海明显地比对方还着急，"你那么喜欢搞科研。"

"不必了吧！"李金龙笑中带硬，拒绝得非常认真，"如果要拿学位，我得在科学上做许多有意义的事才行。"

"那当然……"

"同时，我还得做许多在科学上无意义的事，不然又怎么能成为博士或者教授呢？"

这句话语带禅机，杨真和翁海明都是过了好一会儿才反应过来其中的深意。翁海明以前和李金龙接触太多了，但也只感受到他有深不可测的专业知识，现在，他更觉得此人的思想境界高不可攀。

是呀，为了赢学历、评职称，自己做过多少无效劳动，应付过多少形式主义，制造过多少学术垃圾？这可不是中国特色，如果全世界的科学家都把精力放在科研上，而不在乎什么等级地位、学术头衔，人类科技水平不知道会发展成什么样……

不不不，这不是今天要谈的问题。

"哟，这不是翁海明翁先生吗？"还没等来宾再问什么，一个略显苍老的声音从侧面响起。一个灰发老人走过来。杨真看看翁海明，后者摇摇头，表示自己也不认识此人，倒是李金龙马上站起来叫了声"张总"。

老人看似毫不经意地拍拍李金龙的肩膀，继续和翁海明打着招呼："科技界的名人嘛。你不认识我，我可在电视上看过你。"

"哦……不好意思。"翁海明马上掏出名片。老人也掏出名片递给他们。名片一面是中文,一面是葡萄牙文。中文那面写着"巴西联协经贸开发公司中国分公司首席执行官朱利叶斯·张"。原来他正是李金龙现在的老板。

"不好意思,张总,是不是妨碍了您的工作?"翁海明说道,"小李以前是我的员工,我来叙叙旧。"

"没关系。"朱利叶斯笑眯眯地说道,"午休时间,你们谈吧!"

说完,朱利叶斯就离开了。李金龙显得有些不安。翁海明见此情形,怕影响李金龙,便告辞出来。两人一路无言,好长时间后,翁海明才开口:"怎么样,这位'爱因斯坦'你看到了吧?像不像世外高人?"

"我想,他不大可能是爱因斯坦。"杨真沉默了片刻才又开口,"我宁愿相信,他是某个爱因斯坦的使者。"

"爱因斯坦的使者?"

"是的。有某种神秘力量派这个小伙子来到你身边,依靠他们的成果一点点启发你、暗示你。"

"我的天,"翁海明停住脚步,望着杨真,警察还有这种想象力，"你不如说他就是神派来的使者。他们如果已经有了成果，为什么不发表论文，出版专著，申请专利？"

"这也正是我想知道的！"

杀气、歹意、恶念，这些都不是专业术语，但是长期研究犯罪心理学，杨真会对一个人从内心里散发出的气质形成直觉。李金龙谦逊、平和、友善，都不是伪装的，他就是那个性格。

神的使者？

恐怖分子？

一体两面？

或者，根本就是两种力量？

回到局里，杨真把调查结果汇报给李汉云。是李文涛的案件给了她启发。当初，那个科研疯子拟订过计划，把通过犯罪手段得到的成果一点点漂白。

李汉云听罢汇报，指指附在文件里的照片问道："这个朱利叶斯·张应该是移民，以前中文名字叫什么？"

"张志刚，20世纪80年代末移民出国。"

"去查查他移民前做过什么吧！"

移民前能做什么？杨真又去查找张志刚以前的档案，大出所料，他居然有前科！

20世纪80年代，张志刚在四川一家国营开关厂当工人，只有"大普"学历，也就是工农兵大学生。在后来讲究文凭的时代，这种学历很吃亏，所以他也没有职称。但是张志刚醉心于金属压延技术，搞出了一次成型凸棱机床。

不料，张志刚供职的厂子不愿采纳这项发明。一家民营企业闻讯，便与他个人签订合同，让他利用周末时间，帮助该厂改造机床。

张志刚完成任务，前脚拿到民企的报酬，后脚就被逮捕！检察院公诉的理由就是他没有技术职称，从事技术兼职属于非法，接受报酬便是受贿。张志刚因此获刑三年，后因表现良好提前释放。几年后他与一名巴西女子结婚，以此为理由移民巴西。一晃到了20世纪90年代，张志刚用朱利叶斯·张这个名字，多次往返于中国与巴西做生意，再无其他犯罪记录。

一切都合法，张志刚因发明创造被判刑，整个审判过程符合当年的法律。那时候专利法已经颁布，但是形同虚设。他后来的移民过程也没有问题，但是他怎么会突然认识一个外国姑娘？跨国婚姻一向都以中女嫁外男为主，远在20世纪80年代，中男娶外女的跨国婚姻只有一种可能，就是为办护照而假结婚！不过，这也是违反国外法律的。至于现在，张志刚在中国没有任何犯罪记录。

杨真见过他本人，一举一动都显得豁达开朗。因发明创造而被捕，这件事已经过去三十年，张志刚还会在意当年的遭遇吗？

◆　◆　◆

前田真一，小时候喜欢看《宫本武藏传》和《五轮书》，柜橱里摆满武士电影录像带。如今，前田真一领导着日本顶尖纳米技术企业——本优株式会社，本人也成为全球"纳米七杰"之一。

不过，他仍然有着对剑道和兵器的爱好，此外还喜欢登山。这天，四十二岁的前田真一带着秘书和保镖，来到印度尼西亚最西端的伊里安查亚省，准备去登五千多米高的查亚峰。那里并没有高科技，只有热带罕见的雪域风光。本财年企业利润再创新高，"钱景"一片光明。前田真一安排好未来几周的工作，便远离喧闹，到这个角落里调养精神。

出发前秘书曾经提醒他，印尼地方局势不稳，伊里安查亚省尤其混乱。前田真一却不当回事。他认为那多半是媒体炒作。世界上不管哪里的人，绝大部分都想老老实实过日子、做生意。

另外，前田真一对自己那身纳米防护服也很有信心。那是本优公司的最新成果，使用碳纳米管融合陶瓷材料制造，轻薄柔软，能充作服装内衬，提供从颈到脚面的整体防护，子弹和刀剑都无法穿透它。

这天，他们来到伊里安查亚省首府查亚普拉——一个二十多万人口的小城。前田真一到此旅游，除了登山，还要探访一个叫坦帕侬的当地收藏家。这位高人一不收集古玩字画，二不收集化石标本，专门收集世界各国古代兵器。前田也是此道中人。不久前看到此人的网站，便与他联系，开始相互交流探讨对古代兵器的看法，彼此颇有相见恨晚之感。

"你们留在酒店，我自己去拜访他。"前田真一把秘书、几个保镖和一堆登山用具留在宾馆里。所谓"自己去"，当然也要有保镖跟随。只是这里气氛宁静祥和，前田不想兴师动众，让主人笑话。他们很快找到坦帕侬的家。此人的正式职业是律师，中产阶层，住一栋独体别墅，和左邻右舍都离得很远。

坦帕侬亲自把前田真一迎进家门："看看，我刚搬过来，乱得很。不好意思。"坦帕侬受过高等教育，英语很好，在电话里他们就是用英语沟通。他事先告诉过前田，自己刚买下这栋新别墅，正在搬家。此时，只有大件家具搬进来。房间里显得有些空旷。一个男仆把茶具和热带水果端出来招待前田。没谈几句，前田就张罗着要看主人的收藏。在坦帕侬的引领下他来到后院收藏室，保镖则被留在客厅里喝茶。

"这些是我多年的收藏，搬家时就先带来了。"坦帕侬打开收藏室的门，里面的油漆味还没散尽。前田凝神细看，只见左右两厢都是木制橱柜，上面没镶玻璃。一眼望去并不能看到什么收藏品。收藏室中央摆着长桌，表面还溅上了油漆点子，似乎是曾有人蹬着它粉刷房顶。

"本来我的收藏从不送人，更不出卖，但你是同道、识货、懂行，我们又聊得很好，所以嘛，这次我高兴，就破个例。"说着，坦帕依开始扭动一个柜门上的锁。

"不好意思。我会照价付款的。"

"你这样说就见外了。对这些藏品计算价格，是对宝物的侮辱呀！"

前田真一连忙道歉。坦帕依不在意地摇摇头，打开柜门，捧出一把闪亮的弯刀。

"圆月弯刀！"前田真一脱口而出。

"是的，阿巴斯王朝古董，那时候圆月弯刀刚开始流行。"坦帕依站到屋子中间，拉出一个架势，"圆月弯刀造型世界少有，非常符合力学原理，可劈可刺。当年阿拉伯大军就是凭着这种利器东征西讨，打遍天下。"

前田真一接过弯刀，仔细地欣赏着。

"喏，好东西很多，再看这个！"坦帕依又打开一个柜门，拿出一把钢剑。剑身很短，但透着寒气。

"这个是……尼泊尔的？"

"太识货了，这就是波泽布尔宝剑。"坦帕依挥挥短剑，"世人只知道廓尔喀人的弯刀，却不知道尼泊尔最棒的兵器是这种剑。"

坦帕依将波泽布尔剑放在长桌上，又打开一个柜门拿出一把兵器。那家伙长过匕首，短于刀剑，柄是用牛角制造的。

"这个……好像是南美的。"

"对，阿帕奇人和白人战斗时用的武器。当时，他们会用铁器才一百多年，就打造出这种兵器，真不负武士部落的称号呀！"

坦帕依把那柄阿帕奇刀放在长桌上。又打开一个柜门。这次拿出的刀甚为轻薄，柄是用竹子制造的。"这是中国阿昌族的民族用品，名字就叫阿昌刀。"坦帕依拿着那把刀，舞了个刀花，"这种刀在印缅等地十分流行。阿昌刀尚巧不尚力，使用这种刀的武士从不和人硬碰，贴身近战，闪转腾挪，宛如游蛇，一刀致命。"

前田真一望着桌上的刀剑，十分羡慕。不知道坦帕依是仅仅展示一下，还是这些收藏都可以标价。坦帕依吹得越凶，价钱会要得越狠。前田真一一边在心里估价，一边赞叹："大开眼界，大开眼界。"

"哈哈，不过它们都不如这把刀！"

坦帕依神秘地笑笑，拉开最后一个橱柜，居然拿出一把日本武士刀，寒光闪闪，很像刚出厂的旅游纪念品。如果刀柄刻有某个厂家的商标，再摆到京都某个小摊上，前田都不会奇怪。

"这个……也是您的收藏？"

"当然，此乃世间独有的宝刀，人类兵器史上没有任何一把刀能够比它锋利，任何硬度计都无法测量它，因为它能够把金刚石一劈为二！"

说着，坦帕依猛然挥刀，寒光闪过，屋中央那只长桌，连同上面的几柄刀剑全部一分为二！

前田真一呆住了。他已经认出这刀的样式。原来，古代日本武士的标准装备是两把刀，一把称"直刀"，一把叫"太刀"。前者是作战武器，后者也用于作战，但还附有履行某种仪式的功能，那就是剖腹自杀！

坦帕依这把刀正是那用来剖腹的太刀！

怎么回事？前田冷汗直冒，脑子飞转。坦帕依劈断桌子前，他正好把那柄波泽布尔剑握在手里欣赏。紧张的心情令他越握越紧，手心冒汗。虽然不知道坦帕依为什么如此凶相毕露，但危险肯定马上要来临。

那边，坦帕依抚摸着刀身，自赞自叹："瞧，多么锋利。因为打造它的材料自然界里并不存在，纳米技术处理过的钢材，可以劈开一切物质，包括碳纳米管陶瓷混合防弹衣！"

闻听此言，前田真一不再犹豫，猛地跨步上前，挥刀猛劈对方，中途又变成点刺，指向对方的肘部，意在打掉对方的兵器。这一招他在剑道馆里练习多年，获胜无数。他已经准备好若干后招，膝撞、肘击、飞腿……

但是，坦帕依不需要任何复杂的招式，他只是挥动利刃，沉重的铁剑应声而断，然后，刺破纳米陶瓷防弹衣，像切豆腐一样破开胸骨，捅入前田真一的心脏！

两小时后，前田真一的秘书在酒店里久等不见前田真一返回，打手机也联系不上，便按照那个地址找上门来。门敞开着，里面空无一人。

秘书和同来的另几名保镖不寒而栗。冲进去里里外外找了个遍，终于在后面的收藏室里找到了前田真一。他躺在血泊里，血已凝固，死去多时。随身保镖躺在一旁，头颅被削掉了大半个。他是在听到打斗声闯进收藏室时被斩首的。

前田真一生前在这里看到的所有东西，包括家具和古董全都不见了，只剩下一件东西，就是那把用纳米科技打造的太刀，它正插在前田真一的胸口上，就像是一封信，传达着凶手的某些信息。当然，上面没有指纹，也没有任何生物信息。

当地警方随后包围了现场。很快，他们又找到古兵器收藏家坦帕依。这位律师住在离此地很远的别墅里，被搞得莫名其妙。他告诉警方，确实有这么个日本人给他打过电话，交谈过一次，但事后再也没有来过电话。

前田用国际长途电话和他联系时，秘书多半在场，于是便拿过前田真一的手机，把上面的电话号码出示给警方，最后通话的正是坦帕依的电话号码！但是，坦帕依也有一万个证据，证明自己根本没有接触过前田真一。证据如此之多，以至于他都不需要显示自己的律师才华。他当然是真律师，也是真正的古兵器收藏家，但他根本没办过什么古兵器收藏网站。

几小时后，秘书终于接受了现实：他的老板并没有接触到坦帕依，而是被冒名顶替的人截杀了。

几天之内，前田真一和施密特相继离奇死亡。此时距施特伦格尔遇刺也不过十来天。一系列离奇案件把全球有关机构都调动了起来。

按时间的先后，欧盟"瓦森纳协议执行处"成立最早，运行经验最多。俄罗斯人为了防止高科技伴随着人才流失到敌对力量那边，也成立了危险技术流向监控处。再后来是美国的"技术转移局"，中国的"高科技犯罪调查处"。最近日本也在筹办"高科技犯罪调查本部"。

然而，高新科技在全球的流动速度大大加快，这些机构间却还没有建立正式的协作关系，各大国在这些领域又彼此防范，兼之施特伦格尔案、蒲本茂案、施密特案、前田真一案发生在不同国家，权属各异，因此这若真是系列谋杀案，这些机构如何才能协作调查？

不过，这是李汉云需要发愁的事，杨真并不管这些，她只管分析案情。她把四件案子的要点一个个摆在桌上，拼来拼去，寻找线索。四个受害者国籍不同、民族不同，政治倾向和宗教色彩也没什么共同点，唯一共性是纳米专家这个身份。

杨真管不了那些国外案件（即使蒲本茂案，现在也是由当地警方在按普通凶杀案处理），但是它们肯定有关联，可是除了受害者的身份，其他的关联在哪里？杨真苦苦思索，直到龙剑走了进来。后者正在和史青峰调查生命科学案件。

"忙什么呢？"龙剑关心地问道。

"旁观者清，来来来，你帮我看看这些。"

龙剑坐下来，听着杨真的介绍，看着那些案宗。过了一会儿，他摇摇手指。"你跟迟组、大韩他们待久了，思路总离不开技术。什么技术预测、未来科技，你们钻到牛角尖里面去了。犯罪的是人，总得有犯罪动机才行。"

龙剑把杨真摆在桌上的小纸片搞乱："杀这些人，谁能获益？获什么益？你能回答吗？"

犯罪动机！高科技案件最难找的就是犯罪动机。不是贪财，不是好色，不是泄愤，不是报复社会，不是一般罪犯那些粗浅的欲望。这些人都死于某种纳米新科技之手。这是……

"系列杀人案，追求一种仪式感！这是警告，是威胁！"龙剑从犯罪动机角度提出猜测。

但是，凶手要威胁谁？警告中传达了什么内容？"龙组，我有个猜测，需要你帮我理理思路。"

"好，你说吧！"

"有这么一群科学家，出于种种原因，愿意当世外高人，秘密研究科学技术。"

"那不是就是'民科'吗？"

"不，不是一般的民科，他们很成功，至少在纳米领域很成功。也许，他们就是专搞纳米科研的民科。"

围绕着"民科"现象，人们一直争论不休。支持的人认为历史上很多伟大科学家都非专职，也都有成果。反对的人认为他们只是扰乱正常科研秩序的变态狂。接触到月光社里面那些牛人后，杨真曾经向肖毅请教过这个问题。肖毅当年只有"大普"学历，待在学术圈里，曾经因为文凭很是吃亏，后来靠创办新力公司，走先商业后学术的路子，才算在学术圈里站稳脚跟。

但是直到今天，圈子里仍然有很多人对肖毅不屑一顾。说他与其说是科学家，不如说是科学活动家。还有人为肖毅打抱不平，认为以他的成就，早够两院院士的资格了，就是文凭起点低，受了拖累。

正因为自己这种尴尬的身份，肖毅对民科现象也是颇多思考。他告诉杨真，如果只把民科当成心理现象，从性格因素去考察，民科就只包括一群特殊的神经病。如果把民科当成社会现象，凡不在科研体制内从事研究的人都称为民科，那么古今中外很多科学家也都是民科，连他自己都会欣然接受这个称号。

"你是说，有一群很专业的科学家，偏偏不走寻常路，非要在人间蒸发后偷偷摸摸去搞研究？他们的动机是什么？"龙剑是刑侦专业毕业，死死抓住这个因素不放。

"动机……就这个猜不出来。也许是愤世嫉俗？"杨真望着龙剑，眼前出现了很多人的形象。是啊，李文涛有什么犯罪动机？高峰和范丽夫妻有什么犯罪动机？印度学者伯尔帕德有什么犯罪动机？传统犯罪学里面根本没研究这些犯罪动机，杨真找不到参照物。

最先把这些独立案件看成一个系列的并非各国警方。这天，杨真正对着满桌小纸片发呆，史青峰走了进来。"你那个帅哥正在断案呢，一起看看视频吧！"

史青峰走到杨真的电脑前，把一档网络视频访谈节目调到投影仪上。画面上，韩津正和一个中年男人坐在一起，讨论这些发生在顶尖纳米公司的案件。史青峰和杨真是同学，早就知道她与韩津的恋情，所以很早就当着杨真的面，把韩津称为"你那个帅哥"。

"怎么，他又跑出去采访？不是被台里清退了吗？"杨真没顾得上听内容，看到韩津像从前那样正襟危坐在演播室里，非常惊讶。

"他自己办了家媒体公司，就叫'我要知道'，不靠华视这个平台了。"

角落里果然没有原电视台的台标。原来，韩津以"利益集团受害者"的身份离开电视台，在社会上频繁活动，很快赢得大量同情者，还得到了一笔可观的启动资金，开办了自己的媒体公司。韩津给自己创办的新闻网站起了个霸气的名字——"我要知道"！声称其宗旨是揭开"产、官、学"利益共同体的黑幕，将网络变成他的新平台。

杨真沉住气，开始认真看那段访谈。原来，坐在韩津对面的那个男人是日本记者北山隆史。以前做过纳米科技的系列报道，至少采访过两名死者，所以对最近发生的一系列案件非常敏感。在节目中，韩津继续扮演采访者角色，北山虽然也是记者，却在节目中扮演专家，分析着纳米技术的危害。在他看来，这一系列案件可能是因为某种实验失去控制。

"那些高科技公司都有一个做法，如果在实验中出了事，先掩盖，继续实验，等搞出正面结果，再把负面过程有选择地公开。"

"有这种事？"韩津故作惊讶地问，"这些科学家能成功洗罪吗？"

"他们经常能成功！"北山隆史在职业生涯中积累了不少这样的案例，随口列举了几个，然后给出总结："现实中，假如一个年轻人激愤杀人，畏罪潜逃，即使将来他成了企业家、慈善家，为社会做出贡献，这段罪行一旦被查出来，也会受到法律制裁。但对于科学技术，人们却不是这种态度。只要最后的成果很好，研究过程中即使伤亡惨重，大家也能原谅。"

毕竟是记者，北山用了很多"也许""可能""估计"之类的修辞，反复说明这只是自己的推测。"但它是个调查方向，提醒大家注意那些纳米公司，它们在围墙后面隐藏了很多危险的东西。"

"这家伙又在装傻充愣！"杨真指着画面，哼了一声。

"你是说那个日本人？"

"不，是韩津，每次都在引导对方，把话题往科学上扯。这个日本记者也很配合。"

北山隆史当然知道记者们套别人话的方式，但他也想借韩津的口，把自己的担忧传达出来。接下来，北山隆史大讲纳米技术的危险性。

"一辆汽车失控，作为宏观物体，至少我们能看到它，知道它会带来什么危害。一群纳米机器人在我们身体里失控，那会怎么样？这个可怕的前景，纳米公司从未告诉我们。"

聊到最后，韩津提到一个概念："有人说，要防备纳米技术把我们地球变成灰色黏质，这个词是什么意思？"

"那是人类的终极噩梦！"北山隆史介绍着这个概念。将来，纳米器件能具备自我复制的功能。把它们投放到金属上，会主动分解这些材料，制造新的自己，像生命那样繁殖下去。如果这种机器人失控，流散到环境里，就会把遇到的金属、塑料、石材都分解，制造出无数的自己，速度远胜细胞的有丝分裂。而人类没有力量从大地表面再把它们清除干净。

"地球内部都是金属，所以到最后，它们会把整个地球变成一团均匀的物质，没光泽，无分别，这团物质就叫灰色黏质。当然，里面也不会再有任何生命，一个细胞都活不下来！”

　　“处长，我申请将编制预案改成正式侦查！”

　　调研室成立时，他们的任务就是为各种技术风险编制预案，供有关部门参考。前段时间，杨真也在执行这个初步的任务，但是现在，这种危险已经不再是预期，它就摆在眼前。

　　李汉云同意了杨真的请求。本来，科技新闻都被放到不重要的版面，但是经过韩津这么一渲染，“纳米系列杀人案”便成了各国媒体的热点。鉴于其中一起发生在中国，且潜在危险不明，上级领导对此也颇有压力。

　　接下来，杨真协助斯威基调查那些在华美资纳米企业。斯威基来华时带着个“黑名单”，上面有十几家美国人在中国开设的独资企业，它们都是最近几年才到中国从事纳米产品生产或研发的。另外，名单上还有购买过美国纳米技术专利成果的中国公司名单。并且，斯威基根据事先在美国做的调查，还把名单上的对象按可疑程度进行了划分。

　　从最保守的角度考虑，调查也只能从这里入手。也许有某种势力从美国转移到中国，以企业为掩护，秘密从事微型纳米武器的开发，然后再回到美国本土实施恐怖袭击。和杨真、迟健民探讨的那个古怪思路相比，从调查纳米企业入手不超越常识。杨真虽然不认为答案会在这条路的尽头，但这是美方的要求，她还是尽力协助。

第一站便是北风纳米，不等他们出发，"纳米狂人"陈建峰就打来电话，他想马上赶来和杨真谈谈他对此案的重要想法。晚上八点，陈建峰带着私人保镖亲自找到杨真。"微世界的事我已经听说了……"看到杨真脸上的惊讶，陈建峰马上解释，"你别多心，不是你们警方有人透底。纳米科技这个圈子不大，人们互相都熟，我和微世界张保林一起开过很多次会。"

杨真点头承认有这起案件。陈建峰接着说："不只这两件，施密特和前田真一的案件我也都知道了。你认为这些案件有什么共性？"

"受害者都是纳米专家？"

"不只这样，他们都死于纳米科技！"陈建峰握握拳头，狠狠地说，"刺杀施特伦格尔可能有点难度，他是议员，有官方提供安保。但刺杀另外三个人并不难，投毒、下药、一枪爆头，样样都可以。凶手偏偏拐弯抹角，一定要让他们死于某种纳米科技新产品，你猜我的结论是什么？"

"洗耳恭听。"

"他在按名单杀人！名单上就是我们这些纳米行业的领军人物。为什么一定要用纳米技术行凶？他要制造恶有恶报的舆论，我们研究纳米，死于纳米，所以，纳米这东西最好别碰。"

杨真没说话，她看看周围的环境。是的，这里有严密的安防措施，但是，它们能不能防控那种微型导弹？能不能屏蔽微型纳米器件？韩悦宾那些安防技术够不够用？

"如果是这样，我建议你暂时留在这里。"杨真提议，"神秘力量可不是在用发明赚钱，他们是在杀人！"

"不，你这里一点也不安全！"陈建峰讲话毫不客气，"我要把公司里最优秀的研发人员组织起来，研究针对这些纳米武器的安防技术！除非那些东西是外星人带过来的，否则别人能搞出矛，我就能发明盾。"

"您自己搞，那您希望我做些什么？"

"那几位同行怎么死的，我只能凭网上的新闻去猜测。所以我希望能得到你们的内部资料，更好地确定研究方向。"

　　"这个我需要请示处长。不过作为个人我得提醒您，要有心理准备成为下一个目标。"

　　"这多刺激。看看是他们的矛尖，还是我的盾厚。"大难临头，陈建峰反而来了劲头。

　　"好吧，最迟明天下午，我就给你答案。一路小心。"

　　陈建峰当晚就返回公司总部，连夜安排研发人选。他和助手不停地商讨，打电话，召开网络会议，一直到天蒙蒙亮才罢手。北方大汉感觉肚子饿了，于是带着保镖乘电梯下楼，到不远处一家全天候餐厅去吃早点，连带着透透新鲜空气。

　　他们刚走到街上，突然，一束光柱牢牢地锁住陈建峰，一辆面包车从旁边的黑影里蹿出来，向他猛撞！

◇

第六章 灵光乍现

"神秘力量可不是在用发明赚钱，他们是在杀人！"被光柱锁定的瞬间，杨真讲过的话闪现在陈建峰脑海里。他下意识往旁边一跳，冲过来的车子仍然扫到他的腰身，把他撞飞到一处自动金属栅栏门口，重重摔倒在地。陈建峰顿时昏迷过去，凶手似乎没想到会这么巧，竟然把目标撞进金属栏内的停车场，等他倒车后再撞，栅栏门虽不甚结实，却足够把车暂时挡在外面。

　　也就是在这短短两三秒钟内，反应过来的保镖、门卫已经叫喊着冲过来。凶手见势不妙，只好驾车逃走。清冷的街道上，逃逸车辆拐弯的声音尖厉地划过人们的耳鼓。

　　陈建峰旋即遇险，越发引起杨真的注意。她在得知消息后立刻联系天津警方，要求当地警方加强对陈建锋的保护，并与她随时保持联系。然后她再次翻开全部资料，把它们摊在桌上，并不是一页页去读，而是试图从资料中寻找这一系列案件的内在联系。

　　"谁"和"要做什么"之间架着一座桥梁，那便是刺杀手段。现在能看到的还只有这座桥梁。杨真觉得自己就站在这座桥梁上，一会儿看到这端，一会儿瞥见那端，可这一过程中的因果关系却是模糊的，看不真切。

陈建峰被送到医院检查，结果并无大碍。杀手十分外行，不仅行凶手段简陋，失手后也没有后招。陈建峰下肢骨断筋折，却没有致命伤，人被送到医院后就清醒了。甚至，他还不忘嘱咐赶来探视的助手，一定要医生使用"纳米晶胶原基人造再生骨"给他医治。那是北风公司与军方医院合作的医疗项目，成果尚未通过国家卫生部门鉴定，但是，陈建峰信任本公司的研发力量。

等陈建峰的身体情况稳定后，杨真赶到医院探望他。陈建峰有钱，不仅包下医院最好的房间，还把私人保镖安排在左右，病房里架设了扫描仪，可以粗略地发现有无纳米器件在活动。地方警方也派人守在这里。杨真到时，他们刚刚做完笔录离开。

杨真路过陈建峰的病房门口，看到一个保镖站在警察旁边，手里竟然紧紧握着一只苍蝇拍。样子很滑稽，杨真却明白他们在防范什么。

杨真进屋后，拉了把椅子坐在病床边。"我猜对了，他们就是要……对我们下手，纳米七杰！"陈建峰努力克制住疼痛。

"要注意安全，好好养伤。"杨真劝道。

"外面有人要冲我下手，我怎么能休息？我这里有份名单，警方要保护他们。"陈建峰招呼助手过来，给他的话做记录，"我先拟中国的，翁海明……"

突然，保镖灵猫般蹿出去，扑到一台仪器前，苍蝇拍用力挥出，又轻轻落下来。因为他发现，自己刚看到的黑点只是仪器上一个小小的金属孔。

"没办法，都草木皆兵了。"陈建峰尴尬地笑了笑，"马上我就研发微环境雷达网，布置在房门、窗口，专门监测那种微型导弹。问题是……问题是……还需要时间，至少几个月，所以只好用苍蝇拍了。"

"如果真遇到微型导弹，苍蝇拍可以对付吗？"杨真问道。

"可以！灵巧、精确和爆炸力，三者不可兼得！"谈起专业，陈建峰又充满了自信。他伸出三个指头，捻了一下，"这么点一颗微型导弹，还要安装动力和导航器件，爆炸力顶天了像一只大号鞭炮。"

"不过，对你的刺杀手段可没什么技术含量呀！一辆面包车而已。"

陈建峰"哦"了一声，他自然而然地把自己遇刺和其他人联系到一起，却忽视了这个问题。

"我有个推测，会不会是某家纳米公司想搞掉竞争对手？因为如果是恐怖分子，他们会公开自己的动机，造成舆论影响。"

"不会！"陈建峰斩钉截铁，"如果有哪家公司已经拥有那些技术，只要申请专利，我们这些所谓的'纳米七杰'就是飞都赶不上。至于说公开其动机，我认为他们已经公开了，是对我们公开的。"

又过了一天，当地警方抓到了犯罪嫌疑人。他们并没去追查什么高科技犯罪，只按传统方法办案，很容易就找到了凶手。袭击陈建峰的是刚刚被公司开除不久的一个地区销售主任。陈建峰怀疑他截留销售款，查不出证据，只好找个其他理由将其开掉。

这样一来，整个事件只能被定性为报复行为。"你们肯定忽视了什么？这个王八蛋如果也和恐怖分子有勾结呢？"听到警方的解释，陈建峰似乎大失所望。

陈建峰不久之后出院，似乎是不满警方的判断，开始大张旗鼓，在电视上谈，到网络上讲！他想用自己做饵把假想中的对手勾出来！将这个案子当成一场决斗。

但接下来却什么都没有发生。那些恐怖分子仿佛耗尽了第一波力量，重新潜伏到谷底蓄势待发。这种平静，感觉上反而更可怕。

斯威基和助手调查完几个重点怀疑对象，一无所获，准备返回美国复命。晚上，杜丽霞和杨真设宴招待了他们。"以后我可能会常来，全球科技恶性扩散防控重点有转到亚洲的趋势。"斯威基说道。

"为什么？"杜丽霞不解，"现在世界上三成专利仍然是在美国申请的。"

"但是美国用户数量不足。"斯威基指着外面街道上的人群，"我在美国很少看到这么密集的人流。商人具有逐利属性，许多先进的科技成果，不管是什么地方的人发明的，若想利益最大化，自然会找人群聚集又有足够购买力的国家或地区。21世纪的亚洲恰好符合这一特质……"

"这次没有帮到你，下一步你准备怎么办？"杨真请教道。

"你们虽然做了调查，但是谈不上彻查。唉，可惜我们在贵国没有执法权限。"

斯威基说的是他们遇到的问题。那些公司并不确定涉案，警方不能进去翻箱倒柜。杨真开诚布公道："这没办法，我们只能依法办案，你若愿意照现在的方案调查下去，我们仍然会配合，但我感觉查不出结果。"

"你的思路我倒是能理解，可我怎么和上司交代？"斯威基摊摊手，"难道要我说有批外星人把技术传授给恐怖分子，或者有批未来人穿越时空回到现在？哈哈。这类科幻小说我经常看，但是我无法让上司去抓外星人或者时间旅行家。"

"你爱读科幻小说？"杨真眼睛一亮，仿佛想到了什么，"凡尔纳的《海底两万里》你读过吗？"这是杨真很小的时候，父亲塞给她的必读书之一。

"当然，经典科幻嘛！"

"记得那艘'鹦鹉螺'号吗？在故事所处的年代背景里它是超现代化的技术，远远超过当时各国海军的科技水平，所以才显得那么神奇，被当成海怪。这和我们现在面对的情况很像！"

斯威基回忆着《海底两万里》中的情节。

"但是，'鹦鹉螺'号可以秘密设计，却不可能秘密制造。尼摩船长把他设计的重要部件图纸分别交给世界各国制造厂去制造。龙骨在法国造，大轴在伦敦造，船壳在利物浦造，推进器在格拉斯格造，储水池……好像是在巴黎制造，机器系统由……"

"克虏伯制造！"斯威基接过话头。

"一句话，这些部件分开来并不神奇。尼摩船长作为印度人，不可能靠印度的条件把它们造出来。所有关键部件都来自公开的工厂，通过现有技术制造出来。只不过由于分开制造，每个厂家都不知道它们会派上什么用场，只是按照图纸和订单操作。然后，各种零部件被运到尼摩船长提供的假地址那里。他和助手把它们一样样地汇集到秘密地点，最后完成组装。""想想吧，如果那时候各国就有咱们这类机构，就会截住这些可疑的订单？'鹦鹉螺'号能超越时代，靠的是整体设计！拆开来看，任何一件东西都不神秘。"杨真的眼睛闪着亮光，其实，这个思路也是她边讲边形成的。第一次看这本书时，她才十一岁。每过几年重温时，她都会有新的感受。

"你的意思是，有个……有一个……"斯威基用手指在太阳穴上画着圈。

"是的，有个秘密组织。不是外星人，也不是时间旅行家，就是现实中的一群人。他们致力于科学研究，已经取得了领先世界的若干成果。但他们不和国际科学界打交道，不公开自己的成果。他们努力隐蔽自己，就像小说里愤世嫉俗的尼摩船长那样。只不过他们并非潜在海底，可能就在我们身边！"

由于思路逐渐在形成，杨真的语速也越来越快："但是，不管他们怎么隐蔽，也不可能关在深山老林里搞定所有技术。一定有相当多的研发环节是在公开机构里进行。可能是大学，是科研机构，是高科技企业，甚至可能是军方实验室！只不过他们把技术拆开，分散到完全不相干的机构中去。现在全世界每分钟就发表几十篇论文，根本没人能知道科学研究的全局。每个研究机构里的人都只看到一点细节，看到表面上很普通的什么零部件。最后，他们找地方把这些东西拼起来，搞出那些相当厉害的武器！"

"你是说，他们是用公开方式隐身的，某大学教授，某研究院主管，其实都有可能是他们的人？"斯威基顺着她的思路想下去，觉得头都在大起来，"全世界有数不清的科研院所，我们怎么寻找他们？"

"有个线索可以利用。要得到最好的成果，必须使用最好的科研条件。纳米科技这方面的顶级设备是什么？顺这个路子就能查下去。晓寒，你觉得会是什么？"

"隧道扫描望远镜和巨型计算机。两者一样都不能缺。"

"咱们就查这个！"

隧道扫描望远镜倒没什么，都由正规科研院所购买。巨型机可不同。日本NEC公司的SX-6型只造了四台，全部被一个日本土豪买走。那个人没有任何科学背景，但却宣称自己在搞研究。

"对，就查他！"

◆ ◆ ◆

纳米大楼辉煌明亮，尖顶直指苍穹。在最高层陈建峰的会议室里，空气仍然那么清新，里面坐着的八个人却没有多少舒畅感，无形的浊气堵在他们的胸口。

除了陈建峰，在座的还有中国台湾的薛志全、印度人卡塔利纳尔、美国人克拉克、俄罗斯人斯卡洛夫斯基。除薛志全外，其他三个人都带了一名翻译。身为东道主，陈建峰在布置会场时专门摆上两张空座，还摆上施密特和前田真一的名牌，把室内气氛搞得异常沉重。

陈建峰还不能行走，但是坚持出院。眼下他坐着轮椅，来到老朋友和老对手们面前。"纳米七杰"经常在一些国际学术会议上聚首。但应其中某位邀请聚到一起，这还是头一次。他们都欣然赴会。薛志全和卡塔利纳尔还为此拒绝了公司高管的劝告。

"各位，我先报告大家一个消息。这条腿不是恐怖分子撞断的，作案者是被我清退的员工。"陈建峰清清嗓子，接着说道，"不过对各位来说，这完全不是好消息。这说明如果真是那个秘密组织朝我下手，他一定用纳米技术，绝不会用这类低智商的杀人方法！"

会议室里响起一阵翻译和雇主的交谈。很快，第一个反馈就变成中文，回到陈建峰耳朵里。那个回复来自斯卡洛夫斯基。"我不相信有个纳米死亡名单的说法，太离奇了。咱们彼此之间都是竞争对手。如果有一天，通用汽车派人杀了福特公司CEO，或者甲骨文老板干掉微软总裁，虽然离奇，但却可以理解。但如果有人把几大汽车公司老总全部干掉，或者把几大软件公司老总全杀死，动机何在？"

其实，斯卡洛夫斯基并非真不相信会有纳米黑名单。他只是想激一下陈建峰，看能不能多榨出一点信息。陈建峰坦诚地回答："既然是推测，我就拿不出什么证据。如果哪位朋友不相信上面这个推测，也可以不接受我下面的建议。我的建议就是集中大家的力量，研制出抵御纳米凶器的技术！我不知道恐怖分子下一个要杀谁，但我想很快就会发生。而我们任何一家都不足以短时间内单独研制出反制技术。"

翻译传过去后，屋子里又是一阵议论。薛志全摇摇头："陈先生，不是我不支持你的想法，这其中涉及许多知识产权问题。咱们这么搞合作，将来取得成果，专利权怎么办？另外，我们会不会触碰各国的反垄断法？这都是问题。"

"正因为有这么多问题，所以我才请各位亲自来协商，免得在细节谈判上花太多时间。"因为病痛在身，陈建峰讲起话来比较急躁，"我们得抛开商业惯例。打个比方，如果有颗彗星一年后要撞上地球，会杀死地球上所有的人，到那时，所有专利权都只能见鬼去！全人类都得把看家本事拿出来，形成合力以求自保。"

"我支持陈先生的意见。"卡塔利纳尔表示认同，"到您这里来之前，我就和公司同事讨论过这个问题，都认为靠一家公司的研发力量我们根本无法赶上潜在对手。说实话，把咱们的力量合起来，所有成果共享，能否赶上仍然是个疑问，但合在一起会更好。"

"我建议再等等各国警方对这些案件的调查结果。"克拉克表现得相对谨慎，"如果真是针对我们的，我肯定参加这个共同计划。即使我们不联合，到时候各国政府也会要我们这么做。有这么恐怖的杀人武器，他们不需要升级安保技术吗？但如果警方的结论不是这样，那我们还是要保持正常的市场秩序。"

"我理解你的话，但我想知道你心里的底线在哪里。"陈建峰注视着克拉克，"还要发生什么事件才能证明它是真的？我们中间再死掉一个人吗？"

会议无果而终，除了卡塔利纳尔留下来和陈建峰开始进一步磋商外，其他三位都打道回府了。但没想到三天以后，克拉克与薛志全等人便主动来找陈建峰，十分积极地表示想要合作。不过他们本人都没有再亲自前来，而是通过加密热线和陈建峰进行网上协商。

就在昨天上午，斯卡洛夫斯基遇车祸身亡！他自己有一辆装甲防弹轿车，拥有自动驾驶功能和紧急规避能力。即使武装直升机发射火箭弹，命中一两枚都不能摧毁它。斯卡洛夫斯基喜欢坐着它出行。这次他上了高速公路，车子正处于自动驾驶状态，突然失去控制，直接撞开防护网，飞出公路坠落到湖中。斯卡洛夫斯基身受重伤，在送往医院的途中死去。

斯卡洛夫斯基拥有一家名为"潘塔"的纳米科技公司。公司的个别高层主管对此早有预感，相信"纳米黑名单"确实存在，因此安排有周密的安保措施，但仍然技逊一筹。技术总监得到消息，马上和警方沟通，亲自检查车载电脑系统，发现它已经被炸毁了。

不，严格来讲，被炸毁的仅仅是芯片，甚至旁边的风扇都没被殃及。潘塔公司的技术人员猜测，那颗超微型炸弹能够自动"爬入"电脑内部，体积不会比沙粒更大！

纳米级别的武器使用起来绝不会惊天动地、硝烟弥漫，但效果和表现却总是令人惊叹！

◇•

第七章　他们要什么？

北风公司的研发基地位于滨海新区，陈建峰以科研和生产为名，在这里购买了大量土地。其实纳米技术与宏观尺度的科技不同，无论研制还是量产，占地都很少。纳米材料不像大尺度材料，比如钢铁和水泥，从原料到成品要由大到小、由多到少进行精炼、切削和提纯。它的制造方向完全相反，是从小到大"生长"出来的。

由于在能源、原料和用地方面很节省，污染极低，纳米产业又被视为标准的绿色科技。不过陈建峰毕竟还是商人，手里有了闲置资金，当然要买地炒作。现在这些空地都派上了用场，一排排高标准临时建筑飞快地搭起来。不仅有实验室，还有舒适的生活后勤设施。

那边在搭建，这边来自全球十几家纳米科技顶尖企业的技术人员就陆续进来。为首的自然来自"纳米七杰"所在公司。前田真一、施密特和斯卡洛夫斯基已经遇刺，本优株式会社、Trixell公司和潘塔公司欣然响应陈建峰号召，把参加共同研制当成告慰死者的最好方式。

除这七杰之外，像微世界、宏达公司等一些中小型纳米企业也都把自己的独门绝活拿了出来。陈建峰搞这么个研发基地还有另外的考虑，就是把这里当成诱饵。恐怖分子下一个刺杀目标是谁，人们无法得知，防不胜防。但如此大张旗鼓地搞研发基地，很可能会吸引纳米杀手改变原定计划。他们估计，这个幕后黑手有炫技的欲望。

研发基地被大片空地包围，视野开阔。为防止技术泄密，北风公司原本就有多重安防系统，现在警方更布置了许多人手，化装成门卫、送货员、送餐员等，在基地大院周围严密布防。陈建峰更是抛掉虚荣，坐着轮椅出现在电视屏幕上，声称要与隐藏在阴暗角落的高科技恐怖分子较量一番。

这是一封现代战书，陈建峰不知道对手在哪儿，但他却有预感，那些人会接受挑战，他也下决心把自己当成最重要的诱饵。甚至陈建峰还想坐着商务机，天南地北到处转转，好把凶手引出来。只是警方觉得保护难度太大，才阻止了他这么做。

然而，对手并不上激将法的当。转眼间"靶子"立起来个把月，研发中心没有受到任何威胁，幸存的"纳米四杰"和其他行业领军人物也都没受到伤害。系列案件的全部线索就停留在先前的水平上，不再增加。

这个集中全球同行精英的"微观武器安防项目"也没有丝毫进展。先前几起凶杀案中出现过若干奇迹，各公司技术主管们讨论后，决定把重点放在防范微型纳米飞行器和深入人体的纳米阵列杀手这两方面。至于纳米战刀、高强度丝线，或者有可能存在的"纳米铰合分子人工肌肉"都不是防范重点。因为那些手段需要有个具体的人去使用，才能发挥作用。而要防范活人，现有安防手段还是绰绰有余的。

仅仅是这两项技术，经过一个月昼夜不停地研究，得出的结果却令大家沮丧。根据模拟实验，取得最后成果还要三五年时间。不过，如今这个顶尖研究团队已经制造出微型阵控雷达。在室内若干地点进行布置，可以监控每个微型飞行物体，苍蝇蚊子都逃不掉，但还无法分辨飞行物体是生物还是机械。

"一台超现代化的驱蚊器！"陈建峰望着样机自嘲道，"现在只能搞到这一步了，真不知道那帮家伙是怎么搞出来的。"

"其实，换他们自己也未必防得住。"薛志全安慰着同行，"恐怖分子的矛利，不等于盾也坚，只是他们隐蔽在暗处罢了。"

项目进行得不顺利，很快进入了消磨意志的平台期，特别是研制能够发现人体内部游动纳米机器的设备非常困难——宏达公司和Trixell公司的技术都能够控制植入体内的纳米机器。但是控制自己的机器好办，寻找并控制别人放置的机器他们却不知道从什么地方入手。

为了这个项目，本优公司贡献出世界最小的纳米温度计，可以测到单个细胞壁内的温度，北风公司贡献出那种能够听到细胞内声音的纳米听诊器。不过在这个纳米海洋里，虽然"潜艇"的每个部件都已经成形，但那位能把它们合起来的"尼摩船长"却没有出现。

"没关系，大家继续努力吧！"陈建峰在聚餐会上给同行打气，"没有'二战'，哪有雷达和原子弹？没有'冷战'，哪有航天和登月计划的成功？现在我们就处于这种状态，这个状态最能激发科技进步。"

对于老总们的高难度要求，一位部下给出了明确回答："预计A项目前后要做一千多次实验，耗时最少也要一年。B项目需要七百多次实验，但耗时更多，要二十多个月。"

遇到了"秋老虎"，天气忽然火热起来。虽然室内都有空调，大家心里也免不了着急上火。谁都知道，恐怖分子的沉寂可能意味着他们在酝酿更大的行动。而且，这伙神秘人物至今未受到任何损失，灾难随时会降临到他们身上。

　　斯威基再次从美国飞来，给中国同行介绍那边的调查情况。虽然进行了拉网式排查，仍然没有发现任何美国纳米科技企业里面有人在制造此类凶器。"我的几位同行和我一起离开美国，分别前往欧盟、日本和俄罗斯求助。"斯威基语气低沉地对杨真说，"不过我个人觉得，还是在中国发现这个秘密基地的可能性最大。没有多少理由，只是我的感觉。"

　　会议室里只有他们两个人。"上次我提到的那个推测，你认为怎么样？"杨真问道。

　　斯威基摊了摊手："部分同意你的观点。不过你知道我的上级，他们认定美国安全部门在全世界水平最高。他们不相信这么大一个秘密组织竟然连一点马脚都没漏出来。所以，他们还是要求我按照原来的思路进行。"

　　"北风公司那个研究团队的情况，你一定知道吧？"

杨真说道，"他们集中了全球纳米精英，签订了协议，打破公司间所有专利权障碍，但进展仍然缓慢。这反倒更印证了我的推测，我们面对的不是任何一种常识范围内的力量。"

"是的。但如果超越了常识，我们又该从哪里入手？"

"我想，也许我们把自己误导了。凶手刺杀纳米科技专家，肯定是受某种偏执思想支配。但是他未必就像卡钦斯基那样隐身，只是我们现在联想不到是那个人。也许，我们可以从发表反科技言论的名人里面寻找嫌疑人。"

"不不不，我和那些人打了很多年交道。他们仇恨高科技，所以自己也搞不出高科技，都是在用土办法作案。"斯威基对这点很有把握，"至于这个系列杀人案，不管谁干的，一定是个犯罪团伙，个人绝无可能。"

"所以他们就像是体外循环！"杨真兴奋地站起来，她一直陷在李文涛和高峰夫妻案件的旧思路里，答案很可能完全相反，"对，并没有那么多秘密实验室，也没有那么多隐蔽的研究人员。他们就在我们眼前，他们在世界各国大学里，在科研院所里，在高科技公司里，甚至就在这些纳米公司里！"

斯威基望着杨真，没搞明白她究竟猜到了什么？

"想想吧，所有这些科研机构为了专利权，你防着我，我防着他。但如果有个组织能通晓这些科研秘密，那他们不是很容易领先世界吗？"

"这样他们会得到什么？大家把偷来的技术放到一起，又能有什么用？"

杨真知道，斯威基仍然摆脱不了司法人员的思维局限，他不理解真正的科学热情是什么。

"得到什么？得到知识本身！你得知道，对真正的科技工作者来说，求知才是他们的最大欲求！"

杨真收拾行装远赴西南，调查当年张志刚的案件。这个人一定有故事，而且可能和这起案件有关。杨真讲不出理由，但是坚信自己的判断。

那起案件在审判时，她都没有出生，完全是另一个时代的事情。审判人员大部分已经退休，杨真只找到一个当年的法庭记录员，现在刚从庭长位置上退下来。

虽然一辈子参加过无数审判，不过老庭长看到卷宗，还是想起了那个青年工人。"他现在怎么样？过得好吗？"显然，老庭长很关心这个人。杨真简单地说了朱利叶斯的现状，再请老庭长介绍当年的情况。

"唉，时代不同啊，咱们国家的专利法1984年才实施，他这个案件发生在那年年初，就是他的单位都没申请过什么专利。人家是国营大厂，书记亲自到法院来打招呼，说不能让外省工厂挖墙脚。你要知道，平时市里面开会，两边的领导低头不见抬头见，我们法院领导能怎么办？当然不能站在张志刚一边。所以就判了他受贿罪。当年专利法刚颁布，谁都不知道具体怎么执法。各单位自己制定发明创造奖励办法，当时都是奖状、锦旗什么的，实惠很少。我记得，那个姓张的小伙子当时正准备结婚，要凑齐三大件才行。"

"三大件？"

"手表、自行车、缝纫机，你们这代人想象不到，那时候这三件东西就相当于现在的房和车。人家女方催得紧，外省工厂又愿意掏钱让他改进机床。换我是他，我当年也接这个活。"

老庭长和张志刚年纪差不多，当时也就二十出头，这个同龄人的遭遇给他留下了深刻印象。"那时候哪有什么律师制度，我记得他在法庭上为自己申辩，他是在响应国家号召，向科学进军，学科学、爱科学、用科学难道也有罪？唉，他做的那些事在当时很难定性，说有罪就有罪，说没罪就没罪。判决后张志刚当庭喊冤，是让法警拖出去的。听说到监狱后还不服从改造，企图自杀，后来才老实下来。唉，没偷没抢没杀人，因为搞技术革新被判刑，这种案件我一生也没再遇到过。"

为了结婚？杨真对这件事很感兴趣，连忙追问。老庭长告诉她，男方的判决一下来，女方就分了手。"不知道是本人意思还是家里的意思，反正差不多，谁愿意嫁给一个犯人？将来孩子上学、入伍、提干都受影响。"

杨真又走访了当年张志刚生活过的街道，询问知道那些事情的老人，努力拼凑张志刚的经历。刑满释放后，他迎来一个堪称传奇的婚姻。对方是巴西女孩，黑白混血。那可是20世纪80年代，只有中国女孩往外嫁，他一个刑满释放人员，怎么会有这种福气？别说周围的人，亲人们都无法理解。不过在当年，大家觉得只要出国就是天堂，管它是巴西还是希腊。于是，张志刚以涉外婚姻为由申请移民，从此成为巴西华人。

"他们怎么认识的？"

"不知道，那个年代，我们这个小城很少来外国人。那女孩就像从地底下冒出来的，张志刚带着她向大家宣布要结婚，我们才知道有这个人，都没见他们压过马路。"

"压马路？"

"那时候没有酒吧、咖啡厅这些地方，男女青年谈恋爱，无非是在街上走来走去，谈天说地，俗称'压马路'。张志刚没有这段经历，直接从袖子里变出个外国老婆，从此远走高飞。"

望着手机上今天的朱利叶斯，杨真想象着他当年的遭遇，不胜唏嘘。"向科学进军"，多么陌生的口号。如果不是父亲经常提起，她这样的"85后"根本就不知道这一口号最早是于1956年提出的。这个人应该比父亲大、比肖老师小吧？当年那个口号真鼓励了很多人吗？

杨真正在浮想联翩，一个呼叫干扰了画面。马晓寒兴奋的面孔出现在上面，声音里带着十足的欣喜："组长快回来吧，神秘团体出现了。这回可以证明它真的存在了！"

……

为了协助陈建峰，韩悦宾亲自入驻北风公司，负责安防工作。来自世界各地的一百多位纳米专家都集中住在基地里，进出实验室要受到严格检查。包括马晓寒在内，几个调查处的小将也在现场负责监视调查。基于"体外循环"的推断，这里任何人都可能是那个秘密组织的成员，甚至包括陈建峰本人——不排除他使用苦肉计撞伤自己，迷惑调查人员。

这天上午，陈建峰收到一封电子邮件，标题是"A计划重要资料+B计划重要资料"。陈建峰一看题目，立刻火往上蹿，以为是研发小组的人把这两个计划的重要资料用普通邮件传给了他，这绝对是违反信息安全原则的。而且他本人当时就在科研大厅，根本不需要通过网络传递。

陈建峰怒冲冲地把文件打开一看，里面是一堆网址，并附有一段文字，要他到以上网址下载技术资料。陈建峰不解其意，试着打开一个网址进行下载，之后打开第一个文件包，才蓦然发现那竟然是他们的A计划里面最急需攻关的关键技术。

几乎在同时，同样内容的邮件也传到研发小组另外几个负责人那里。他们分别来自几家顶尖纳米技术公司，除了互相配合之外，也会互相监督。参与此项目的企业事先已经协商好，在这个小组里生成的任何成果，参与者共享知识产权。每天实验结束，都要由几个组长一起在报告书上签字验收。

看到这些资料，大家第一反应就是吃惊。日思夜想苦苦攻关的关键技术，居然在邮件里找到了解决方案！这究竟是怎么回事？

杨真和斯威基闻讯赶到研发基地时，陈建峰和几个负责人正处于这种不失所措的精神状态中。

"是真的，应该是真的。"

"我核查过两遍了，资料完全有用！"

"不会是木马计吗？"

"谁研究的？在什么地方研究的？"

"……"

看到杨真表情平静，陈建峰很惊讶。他知道杨真对全局有宏观把握，比他知道的多，但他却依然想不通出现如此重大的线索杨真表面上为什么还能表现得这样平静。杨真没有理会陈建锋的讶异，她俯下身移动鼠标，翻看着那几个网址。"能通过这些网址查到发件人的ID吗？"她问韩悦宾。

"用的是云信箱！账号是临时注册的，五天前把资料上传信箱，定时于昨天发出邮件。这个账号注册后，就只进行了上述操作。"

也就是说在五天前，对方可以在世界任何角落完成上传，又从容地毁掉所有上网记录。

神秘人提供的并非全部资料，而是其中最关键的部分，是研发团队必须经过几百上千次实验才能得到的资料。这说明在世界的某个角落，已经有人预先完成了几百上千次实验。

不！这就像有人在鸟铳时代便造出机枪，他们领先科学界的何止是这几百上千次实验。杨真想得头都大了，自己的推测越接近被证实，反倒越让她觉得难以置信。

斯威基站在一旁示意杨真，想跟她私下交换一下意见。他们借用了陈建峰的总裁办公室。这里已经被反复检查过，没有窃听装置。"是不是有两群隐身人在互相斗争？"斯威基指指外面那些人，"而我们大家都是他们的工具？"

"你的理由是……"

"想想蒲本茂是怎么死的吧，这个神秘团体绝对处于内讧中。一群人搞了刺杀，另一群人想阻止他们，但又不愿意现身。"

"那么，你的想法是……"

斯威基犹豫了一下，指指杨真的手机，那是调查处发的加密手机，有录音功能。杨真明白他的意思，把手机放到桌上，和斯威基来到院子里，站到离大家很远的地方。

确信安全后，斯威基才小心说道："我这次来之前才知道，斯特伦格尔被害前曾经和一个神秘组织接触过，详情只有他和他的高级助理知道。他遇难后第二天，那个高级助理也死了，表面上看是死于心脏病突发。"

这件事斯威基一直没向中方透露，因为他自己也不确定这个消息是否准确。"如果像你设想的那样，有个神秘组织以体外循环的方式进行秘密研究，那么他们或者挑战了专利权，或者挑战了国家技术机密保护法律，而且不是一国，是很多国家的法律。"

"所以他们是一群罪犯！"杨真马上想到张志刚。当年他被判受贿罪时，犯罪金额只有一千元。如今仅仅纳米科技这些成果，价值就是万亿级的。

"是的……"斯威基欲言又止，犹豫着，思考着该怎

样表达。因为他担心话一出口，双方之间的协作气氛就会
受影响。

"我想，你可能还没看懂他们这个行动的全面意
义。"杨真发表意见。

"哦？"

"这里是中国国土，属于中国的一家公司，由中国警
方全权负责。但那个秘密组织同一时间把资料寄给研发组
的几个负责人，他们来自德国、日本、俄罗斯和印度，这
背后的意思不是很清楚吗？"

斯威基点点头，他一直担心中方会独吞全部技术资
料，但却忽视了这一个细节。

"都说科学无国界，科学家有祖国，但这个秘密组织
显然不这么认为，他们是想搞平衡。"

杨真曾经非常想当一名科学家，也曾经苦思冥想什么
才叫科学家。它不仅是一种职业，更是一种生活方式。科
学家应该是一群与众不同的人，拥有独立的道德规范。斯
威基不会知道，杨真说这些话的时候，脑子里闪现的其实
是张志刚曲折的一生。

◆ ◆ ◆

永田敏刚接受任务时，第一个反应就是推却。"科技发烧友都是男的，我一个女性混在里面，很容易被注意到。"

永田敏供职于日本高科技犯罪调查本部。上司听到这番话后，提醒她仔细读资料。永田敏这才知道在桑原邦彦组织的科技俱乐部中，女生竟然占到三分之一，性别并不是问题。

"你会被他们接纳的。"上司解释道，"桑原邦彦一向认为女性在科学事业中受到歧视。他对正统科学界表示不屑——他开办的俱乐部专门吸收那些被科学界排斥在外的民间科学爱好者！"

于是，永田敏敲开了桑原邦彦家的门。她不需要认识屋主人，也不用事先预约，因为桑原邦彦已经在网上打出广告，某月某日邀请各地科学爱好者来讨论如下问题：

"人类是否起源于外星？"

"月球是否是地球的一部分，于四十亿年前从地球上被甩出去的？"

"亚特兰蒂斯大陆的具体位置在哪？"

"玛雅水晶头骨如何制造？"

"……"

这几乎包括了所有科学界认为不可能，而其他科学爱好者认为可能的问题。

永田敏用了个化名，自报职业为会计。资料显示，桑原邦彦不喜欢专业的科学工作者，认为科学教育会扼杀人的想象力，而日本这个考试大国在这方面危害尤甚。

一进门，一位志愿者递给永田敏一份俱乐部入会申请表和几份印制精美的宣传手册。上面有桑原邦彦的讲话录，封面上是个外星人造型。再往里走，永田敏看到几个摆好的展台，上面陈列着一些科技发烧友的研究成果。这些资料印刷得都很夸张，大部分为卡通造型，有的甚至被印制成心形、盾形、蝴蝶形。

这里有着浓厚的俱乐部氛围，空气中弥漫着咖啡、清酒和寿司的气味。夹杂在这些气味里的是"虫洞旅行""多维时空""灰色黏质"一类的玄妙词汇。参加活动的多为年轻人，众人无拘无束，争吵不休，言谈间颇有几分幼稚、几分纯真。永田敏虽然不到三十岁，但在这些人中间却是年龄较大的。她试着打听了一下，这里边竟然没有一名专业科技工作者，果然是个科技发烧友俱乐部。

人群中一位头发染成金黄色、脸又染成茶色的女孩子正在大声发言："哼，如今的科学界就是男性主宰的世界！"女孩子似乎嫌声音不够响亮，一直挥舞着手臂。"男人们以为女人只能研究儿童护理、家政服务，就算进了实验室，也只能分析化妆品配方，或者制造减肥药。科学界这种男性霸权必须被打破！"

"对对对！"永田敏和大家一起鼓掌，几乎要被她的发言打动了。

俱乐部组织松散，大家自由讨论，半天下来也没什么具体结果。之后桑原邦彦回到家，先跟那些年轻人打个招呼，然后演讲，不外乎他以前的那些观点，诸如科学界故步自封、壁垒森严、排除异己——没文凭没学历又如何？别在乎那些，科学面前人人平等，每个人都有追求真理的权利，如此等等，言辞切切，颇为煽情。

原来，桑原邦彦年轻时非常想成为一名科学家，最终因为家族生意需要，无奈之下放弃理想。后来，钱赚够了，桑原又想回头重圆科学梦。他认为自己在古生物学、大地构造、天体物理、海洋气象等方面都有足够的学识和思考，于是便不停地给专业科研机构投论文，但却屡屡碰壁，一次次被拒之门外。除了贪钱图利、闻风而动的出版商外，没有一个专业的科研机构理睬他。桑原颇感失落，一发狠，就买下几台巨型计算机搞起研究。当然，这其中多半有赌气的成分。

不被科学界认可成为桑原的一大心结。每每谈起这些，桑原言辞间便有激愤之色，让他看起来丝毫不像个五十多岁的生意人，而像个老愤青。这反倒更容易让他和年轻人打成一片。

这个科技发烧友俱乐部每隔三四天就聚一次。除了几个核心人员外，其他人多是随机性质，来去任意，并不强求——桑原就是图个热闹，谁来谁走并不放在心上。

永田敏以科技发烧友的身份连续参加了几次活动，既表现出了一定兴趣，又并不过火。按照上司部署，她一方面要接近桑原那几台宝贝大型计算机，调查里面有没有存储着异常的科技资料；另一方面还要留意此间是否混入了确有科研能力但却没有文凭的科技奇才。

这次调查完全是应美国科技成果恶性扩散控制处的要

求，美方怀疑有一群神秘人潜伏在这里，利用桑原的超级计算机搞秘密研究。

逐渐地，永田敏发现桑原家就像一个桃子，外面很软，核心却非常坚硬。这个核心就是那几台宝贝巨型机，桑原雇了专人看护，并且严禁别人随便接近。最初，桑原一台都不放手。但大家要求开放共享的呼声很高，到永田敏来卧底时，桑原已同意将其中一台计算机开放给大家用。不过使用者必须互相监督，以免将计算机搞坏。

另外，要接近那台公开的巨型机，必须有桑原认可的研究项目。永田敏光靠自己想不出这种课题，她的同事们凑在一起同样也想不出来。桑原喜欢的都是些偏、难、怪的课题，根本不是专业科学界的思路。

这个任务难以完成，另一个任务倒比较顺利。永田敏很快就注意到一个来自非洲的留学生，此人名叫赞巴卡，来自埃塞俄比亚"非洲之星"大学，在日本学习应用电子专业，这是日本的强项。

"非洲之星"大学由俄罗斯商人马斯柳科夫创办。说是大学，按日本的标准只是一所补习学校。优秀毕业生可以受到资助，到俄罗斯留学。今年，马斯柳科夫放宽规定，毕业生可以选择到其他国家读书，一样给予资助，前提是投考理工科院校。马斯柳科夫告诉这些非洲青年，落后国家除了在科学技术上奋起追赶，别无翻身之法，什么文化遗产、民族传统都应该扔到一边。所以，他绝不资助学生去读人文学科。

"科学技术已经被西方人垄断。专利权就是他们垄断科学技术的法宝。靠这个魔咒，他们得以在我们穷人身上吸血。"赞巴卡激动地在俱乐部里与人交流着，那都是马斯柳科夫的教导，"比如说，我们非洲被艾滋病夺去了无数生命，他们仍然守着专利制度不放！我来日本就是为打破这些垄断尽一份力。"

这个不到二十岁的年轻人还不可能有自己的思想，赞巴卡说完，便向大家分发小册子，那是一本"马斯柳科夫言论集"。在座诸位一看小册子是用俄文印刷的，都摇摇头表示不懂。

"是的，赞巴卡先生说得对。"桑原邦彦发现冷场了，便出面鼓励这位黑人青年，"所谓的科学属于西方，属于男性，属于科研院所的知识精英，属于那些所谓的博士、教授、院士，合理吗？不！没有大学，没有博士、教授之前，就没有科学了吗？不！这是垄断！我们就是要打破这种垄断。你不需要有学术头衔，你不需要在意自己皮肤是什么颜色，你只需要拥有天才的想象力！"

◆ ◆ ◆

永田敏将马斯柳科夫的小册子拿回本部，交给翻译部门，然后继续她的调查。她很快就发现，赞巴卡已经成了桑原邦彦俱乐部的常客。在公开活动时，他经常让这个非洲小伙子当众发言，看得出他很欣赏赞巴卡的想法。不过听众几乎都是日本人，他们从小生活在发达国家，对赞巴卡的经历很少有切肤之感。

有几次，赞巴卡竟然住在那里深夜不归。而且同在日本进修的另外几个"非洲之星"也都集中到这里，昼夜不停地搞什么研究，有时甚至不惜停下大学里的正常课业。

永田敏开始考虑用什么方法接近赞巴卡，接近这些神秘的非洲学生。调查本部更是担心，这么大功率的计算机，如果他们确实正在研制用于恐怖袭击的病毒，那威胁要多大有多大。

不过，完成这个任务倒没用她费太多的心思。赞巴卡看来并不在意对自己的工作保密。"我们正在研究领先世界的技术！"在一次午餐时，黑人小伙骄傲地对永田敏宣布，"那是一种碟形飞行器，在表面镶有几十万台微型纳米发动机，每个只有指甲大小，都能独立推动，几千几万个一起联动，可以让飞行器垂直起降、直角机动、隐形、上天下海，可以避开各国雷达，在全世界任意周游。我和桑原先生谈好了，研究出来后不申请专利，把技术资料无偿送给发展中国家，利用人力资源便宜的优势进行量产！这样一项项研究下去，我们就能扭转科技被发达国家垄断的局面。"

　　除了这些年轻人，没有任何科学界的重量级人物接触过桑原邦彦，甚至参加活动的人连一个超过三十岁的都没有。

　　这条线索很快传到美国，之后又由斯威基将情况告诉杨真。"对对，是它，我在北风公司见过这种飞行器模型，迟组长推算过，没有四十年，它不可能上天！世界上没有正规的科研机构启动过这项研究。"杨真兴奋地拉着斯威基的手。

青年时代之前的马斯柳科夫无法了解。苏联解体后，俄罗斯政府给全民发放私有化证券。老百姓对这种证券普遍没有信心，有远见的投机者便低价购买。马斯柳科夫从二十六岁开始倒卖私有化证券，迅速暴富。

到了2010年，马斯柳科夫已经身家数亿美元。虽然和顶尖金融寡头无法相比，但也算富甲一方，拥有很大能量。从那时起，他开始将自己的业务全部转向境外。他第一次引起世人关注，就是当年大力配合非洲诸国否认艾滋病药物的专利权，出钱资助各种反药品专利的宣传，还买下媒体版面，将全球几大医药巨头绘成吸血鬼广而告之。

从那以后，马斯柳科夫声名鹊起，不断有新闻报道他的事迹。比如他在埃塞俄比亚创办非洲之星，吸收当地和周边国家的黑人青年送往科技发达的国家。这种慈善活动虽然吸引不了发达国家的关注，但在非洲却颇引人关注。也因此杨真才从公安系统请来阿姆哈拉语专家，从当地新闻里寻找线索。埃塞俄比亚舆论界对马斯柳科夫很有好感。他不仅投资办教育，而且生活简朴，和穷人关系融洽。

那种鲜衣怒马、左拥右抱的阴谋家，只能出现在好莱坞电影里。现实中的恐怖分子，往往更钟情于清教徒式的生活方式。他们把自己看成为理想献身的圣徒。在马斯柳科夫的言论集里，他反复告诉信徒，专利权是科学的敌人，世界出现科学大停滞，就是因为专利权制度制约了科技的流通。而且发达国家刻意用专利权抬高科技门槛，将欠发达国家排斥在外面，永远成为被剥削者。人类最大的不平等就来源于此，他要带领全球草根国家填平这道鸿沟。

懂科学的人作案，无论动机还是手法，都不同于传统罪犯。调查处的几个组长暂时放下手里的工作，帮助杨真推演这个纳米系列谋杀案。法律专家蔡静茹简单介绍了专利权的发展史，从它出现那天起，就同时产生了反对专利制度的行动。专利带来的利益越大，试图打破它的呼声就越高。

迟健民擅长预测科学的未来，前提是他熟悉科学的过去。"牛顿时代，整个皇家学会不过一百来人，互相之间没那么多壁垒，知识交流很容易。但全球科学家达到一百万、一千万、一个亿之后，知识交流反而远不如当年，科技发展也没有牛顿时代那么神速。"

龙剑还是从传统的犯罪动机出发考虑问题。"钱，一切都是钱。一个人两袖清风的时候，和面对几十亿元资产的时候，想法不可能一样。"他觉得，这可能是一个盗窃专利权的跨国秘密组织，却又说不清那些凶杀的动机到底是什么。

　　几个人议论来讨论去，大致推演出那个神秘组织的作案动机——他们是一群反感专利制度的科学家，很可能分散在各国，供职于尖端的科研机构，甚至可能身在军方秘密研究机构，并且是在最高层。他们从供职机构里盗出重要成果，但既不出售给竞争对手，也不送给敌对国家，而是在这个秘密组织里和同伴分享，共同研究。

　　也正因为如此，各国司法部门、反间谍部门都抓不到他们的把柄。无论行动目标，还是行动方式，这些人都不同于商业间谍或者军事间谍。

　　离开会议室，杨真还要在现实中寻找线索。她带着马晓寒再次来到宏达公司，告诉翁海明，李金龙可能真的有问题。

　　"什么？你怀疑他盗走了我的研究资料？"翁海明无法理解这个动机。

"是的，也许你可以查查你们的计算机，看看李金龙有没有动过手脚。"

翁海明一惊。当年李金龙赢得了全组的信任，谁都不防备他。如果真想盗走研究资料，他有一百个机会。可是……"他为什么要这样做？卖给施密特的公司？我不是没怀疑过这一点，但仔细想想，李金龙还用转卖我的秘密？我都是在他指点下才搞成功的。"

"我请你再回想一下李金龙当时的表现。没错，他指点过你们，但他提供的是抽象理论，是猜测，还是具体数据？因为内容很专业，我让马晓寒帮助你回忆。"

用了一个下午的时间，她们帮着翁海明回忆当时的细节。没错，李金龙没有提供任何未公开的科研数据。甚至，他几乎没和专家们讨论过这些问题。他只是把研究过程的难点记下来，过几天便会提出一种设想，"你们可以试试这样……""那个数据可能要复查……"诸如此类。

他不是天才，他只是个传声筒！

"是谁在他背后？他们要干什么？"在杨真的引导下，翁海明已经读懂了当年李金龙的各种奇怪表现，但对他的动机更加无法理解。

《海底两万里》，杨真刚与斯威基讨论过那本科幻经典。"他们要用你的设备！他们只是纸上谈兵，肯定有些细节离开实验设备研究不出来。这叫借腹怀胎。"

翁海明实验室的设备领先全球同行，只有施密特实验室的设备与其不相上下。也许他那里也有个神秘人，不断传达研究设想。只是他死了，无从核实。

翁海明得到成果后，只向科技界公布了专利索引，技术本身已经在各主要国家申请了专利权。与此同时，它很可能已经融进一个秘密存在的知识池。在哪里？可以在任何国家，几台超级计算机就能做到离线存储，不为人知。然后，那个神秘组织中的任何人都能够分享它、使用它。

"可是，他们用池里的知识干什么？盗窃专利在任何国家都是犯罪，如果将来有什么成果用了我的实验数据，我肯定能发现。他们不怕我报警？"

"所以他们不能随便公开！"

侦查科技案件，要掌握科技人才的思维方式。李汉云此前曾不断叮嘱自己的部下，杨真也终于按照这个原则完成了推演。那些神秘人士都面临着李文涛一样的问题，他们的成果再先进，都必须先漂白才能公开。

不知道这个游戏进行了多久，范围有多大，显然最后他们出了什么问题——他们玩不下去了。

斯威基还没回国，得知调查处把重点指向马斯柳科夫，斯威基竟然重重点了头："对，我怎么忘了他，这人确实有极大的嫌疑！"

"怎么？"

"我国司法部门很早就把他列为监视目标。十年前马斯柳科夫就再没有经营过实业，完全是搞投资。股票、货币、期货市场无不涉及。这十年里，他的财富增加了二十倍以上！这还只是公开的财产，估计还有大量隐蔽的资产。你知道，投资都有赌博成分，要碰运气。他的成功概率远超过正常值，按这个发展速度，再过十年肯定会成为世界首富。"

"比巴菲特还牛？"

"简直不在一个级别，而且他远在非洲，一年到头极少来美国接触投资第一线，这样的人进行投资竟然从不失手。所以，我们的司法部门怀疑他在盗窃商业机密。"

"结果呢？"

"结果？没结果！他们分析过他的主要交易，经常在最关键的时候逃顶或者抄底，但就是无法证明他盗窃过有关的商业情报。不过……"

现在，斯威基也多少接受了杨真的推测："如果他拥有远远超越世界的IT技术，完全可以秘密地做到这些。咱们一直在讨论纳米技术，但其他方面他们难道不会也领先？"

……

收集一些线索，完成一次推理，再收集，再推理，直到侦破。纳米系列凶杀案涉及中国，高科技犯罪调查处便有责任介入。现在，轮到杨真再次出发，去遥远的非洲寻找证据。

既然任务已经从准备预案发展到正式侦破，他们就要给这个专案起名字。翁海明曾经说过，李金龙就像是外星人、未来人或者神的使者。于是，这个专案就定名为"神使"。

马斯柳科夫仍有俄罗斯国籍，因此他们必须知会俄罗斯同行请求配合。于是叶缅年科从莫斯科发过来马斯柳科夫的资料。资料显示马斯柳科夫早年成绩不佳，大学肄业，年轻时与科学界从无接触。大规模私有化时代，他购买的也是科技含量很低的矿山，而且很快抛售套现，其后将主要业务转到科技荒漠般的非洲。

　　白手套！典型的白手套！李汉云命令侦查组兵分两路，龙剑带人监视张志刚的公司，杨真远赴东非，调查马斯柳科夫。斯威基征得部门的同意，和杨真一起出发！

◇

第八章　劝降

出国前一晚又赶上月光社集会。杨真专门空出时间，倾听各界大神畅谈科学的未来，这是她补充灵感的营养池。今晚的活动在科学人传媒集团总部举行，妈妈还要在会上宣布集团的一个重大项目。今晚安排的嘉宾发言，都与这个即将震动科学界的计划有关。

一个名叫王涛的学者率先上场，他坐稳后，先是随机邀请在场听众，询问他们毕业于什么专业。

"我学食品化工。"

"地质学毕业。"

"舰船制造！"

"犯罪心理学。"最后一个回答来自杨真，王涛随手一指，点到了她，并不知道她的身份。

"好吧。那我再请问大家，哪位当年攻读于科学专业？"

众人面面相觑，这个问题看似简单，却无人能回答。

"一个都没有，对吧？人们天天讲科学，居然没人学习科学专业。科学是什么？怎么来，怎么去？它的使命？它的本质？它的未来？看看，没人研究过科学这头大象，都只是摸过它的腿、耳朵、肚子或者尾巴。"

王涛毕业于通信工程专业，如今在一家上市公司担任投资总监。从很早起他就喜欢思考科学到底是什么？他知道物理学是什么、数学是什么、通信技术是什么，那科学又是什么？科学工作和其他工作有什么不同？甚至从事科学的人与其他人有什么不同？

研究来，研究去，王涛决定写本书，名字就叫"纯科学"，讲述他心目中纯粹的、跨领域的、无壁垒的科学。然而当他写完这本书后，却发现它不属于任何一个专业。既不能申请经费，也不算科研成果，最后只好自费出版。

"当时，编辑问我是不是民科？他们喜欢赚民科的钱。那些人没有学历文凭，一门心思要出名。可我怎么回答人家？无论学历还是职场身份，我都算典型的'官科'。但是当我不再研究一门具体学科，想研究纯粹的科学时，我却成了民科。"

接下来演讲的人名叫李浩，科学技术史专家，自然要讲科学家的故事，但却不是大家熟悉的那种。李浩首先讲了斯蒂文森的经历。今天的中学生都知道斯蒂文森发明了火车，其实在他以前蒸汽机车就已经存在了，他是一次机车竞速大赛的获胜者，并且远远甩掉其他对手。因为这个成绩，一段时间斯蒂文森垄断了机车市场，成为"火车"的代名词。但他也不是专家学者，只是一个十八岁才会读书写字的技工。

"牛顿是物理学家？不，他是造币厂厂长。拉瓦锡是化学家？不，他是税务官。莫尔斯是信息专家？不，他是画家。孟德尔是生物学家？不，他是神甫。科学研究本来的意义，就是凭借聪明才智解决问题，而不是去追逐学历文凭。"

座中响起一片掌声，这让李浩越说越激动："现在这种科研体制已经带歪了方向。所以我要提倡'无证主义'。听清楚，不是无政府主义，是'无证主义'，搞科学不是去追求小本本。我要请大家莫忘科学的初心，真正的科学从来不看文凭，只看能力。"

这些发言都算是铺垫，最后轮到卢红雅上场。杨真知道，这是妈妈和肖老师之间合作的第一个项目。他们以前就商议过很久，杨真和家人们也都知道这个计划，还出过不少主意。卢红雅做了几十年媒体，长于传播，知道怎么设置议题来吸引公众注意。

"当年诺贝尔留下遗嘱设置奖项，只是他个人的私事。一百多年后，诺贝尔奖已成为公众事件。每年年底开奖前后，媒体都要留出版面跟风报道。然而最近却陷入怪圈，每年媒体只议论和平奖与文学奖，对其他奖只是发发通稿。为什么？因为记者搞不清楚那些成果在科学上有什么价值。"

　　诺贝尔奖还算是最有名的科学奖，其他科学奖项更是乏人关注。相反，历史上却有不少次类似机车竞速那样的比赛。飞机诞生后不久便有一个奥尔特加奖，授予第一位从纽约飞到巴黎的飞行员。1998年，美国圣路易斯市商人彼得·迪亚曼蒂斯设立"X奖"，奖励两周内两次进入大气层的同一架航天器，奖金高达一千万美元。

　　"所以，我们准备发起全球科技大奖赛。将各种前沿课题变成量化指标，分门别类公示天下——最高、最快、最小、最准确、最廉价，诸如此类。再没有神秘的专家评定，也不用复杂的理论解释，只比较最简单的数字。一场全球科研团队的奥林匹克大赛，不分国家和民族，更不讲职称和学历，真正做到英雄莫问出处。"

　　虽然杨真很早就知道母亲的这个想法，但今天才第一次听卢红雅公布详细的竞赛方案，听着听着，杨真的思路忽然离开这个会议厅，飘向远处。

她情不自禁想到李文涛。他的犯罪动机是什么？不为名，不为利，平生最大愿望就是求知，最纯粹的科学动机。当他为此碰壁时，不惜挑战道德和法律。当年她与李文涛以师生身份相处，月光社已经存在了，只是影响还没这么大，她在学校里根本没听过这个名字。

如果当年有机会带他站到肖毅面前，聆听大师的思想，甚至参与他的工作，或许李文涛不至于走极端。

李文涛已经变成了证据室里的切片，"神使"背后那些人呢？会不会是一大群李文涛？

该怎么带他们回到光明大道上来？

◆　◆　◆

虽然很少有八卦媒体关注，但是"非洲之星"在国际志愿者队伍中很有名气，经常有各国志愿者前来参观。这天，一位白种男人和一位黄种女人相伴来到接待处。递交的申请书上注明他们是民间组织"环印度洋教育发展促进会"的管理人员，前来考察非洲之星办学经验。

"听说马斯柳科夫先生有个演讲，我们想听听，可以吗？"那位名叫方以婷的华人在前台询问。在她身后，白人史密斯抱着笔记本电脑和文件袋。

"欢迎欢迎。"主人热情回应，"每年一次，董事长先生都要对新生发表演说，非常感人，你们真应该去听听。"敬仰崇拜之情溢于言表，绝非下属对老板的阿谀。

半小时后，方以婷和史密斯就坐在了礼堂第一排，身边是来自各国的教育工作者。客人后面，一排排新生入学就座。他们带着新奇感议论纷纷，礼堂里显得热闹非凡。

方以婷就是杨真。她站起来，用手机饶有兴致地给会场照了几张相，这个举动符合她眼下的身份。而在她身边，化名史密斯的斯威基沉默不语，僵直枯坐。两人来之前商定，如果要和对方交流，由心理学专业毕业的杨真出面回答，斯威基干脆化装成她的助手。他们入境时没与埃塞俄比亚警方联系，担心马斯柳科夫在这里经营多年，人脉复杂，耳目众多。

满面沧桑的马斯柳科夫站上讲台，开场白是："昨天，亚的斯亚贝巴大街小巷挤满了狂欢的人群。你们的国家队刚在非洲杯预选赛中击败对手，我充分感受到了你们的快乐。"

这段开场让杨真意外，她回头看了看，这些新生的注意力立刻集中到了马斯柳科夫的讲话上。显然，刚刚过去的举国之欢是他们眼下最关注的话题。

"现在问大家一个问题，刚过去的世界杯足球赛中，哪个队是冠军？"

"德国！"新生们异口同声地回答道。

"正确，那么，第四名是谁？"

片刻沉寂之后，后面响起了零零星星、犹犹豫豫的回答：

"西班牙？"

"是法国吧……"

"不，好像是巴西？"

……

两分钟后，在场学生才统一了答案。这就是马斯柳科夫想要的效果，他满意地压压手掌："好吧，再问个问题，1969年第一个踏上月球表面的是谁？"

"阿姆斯特朗！"能到这里读书的黑人青年，大多都知道这个常识。

"那第二位登月的人是谁？"

这次，不光学生们回答不上来，就连周围那些来参观的教育专家也开始压低声音互相询问。斯威基也在悄悄问杨真。"第二名是奥尔德林。"杨真悄声给出答案。

斯威基小声地表示惊讶："天啊，我作为美国人都不知道答案，你怎么会记得？"

杨真笑了笑："原因很复杂，有空我再和你解释为什么。"

马斯柳科夫公布了答案："其实他是谁并不重要，重要的是不管什么领域，只有冠军才会被人铭记！"

从前排到后排，从教师到学生，礼堂中一片沉默。马斯柳科夫猛地挥挥拳头："你，你们，你们的民族和国家，如果不成为冠军，就注定默默无闻！年轻人，这是你们的第一课！上课的不是我，是这个从来就不公平的世界！好好学吧，去当科学上的冠军，在那里，甚至第二名都不会被认得！"

马斯柳科夫激励、鼓舞那些青年。但声音传到杨真耳朵里，却让她感受到一颗伤痕累累的心，这个人内心深处似乎埋藏着极大的愤懑。

散会后，按照规定，来访者可以参观教学设备。杨真事先弄到了校区平面图。两人离开大队，在校园里转来寻去，到中午时，他们已考察了几个事先确定好的侦查重点——图书馆、资料中心、科研中心、仪器库房，却一无所获。从事纳米科研的特点就是原材料少，设备小型化，甚至微型化，所以单个纳米实验室占地极少，隐蔽性极强。

午餐时间到了，两个人又回到礼堂附近，去贵宾餐厅吃饭。刚进门，一个亚洲人和杨真打了个照面，两人不约而同"啊"了一声，然后马上低头，避开了对方。斯威基特工出身，当即觉察到情况有异，但因场合特殊，所以也就没问杨真原因。

杨真很快冷静下来，午餐罢，示意斯威基，先回旅馆！

他们出发时，北风公司研发基地里已经制造出微型相控阵雷达样品。尽管已经得到神秘人帮助，但毕竟只是一些启发性的资料，他们还要进行试制，成品只达到不足拟定精度的一半。返回房间后，两个人先是探测了一遍屋子，确定没有监听装置，然后又把微型相控雷达布置好，保证没有"苍蝇导弹"飞进来。杨真这才放下心来，告诉斯威基，那个人叫叶缅年科，俄籍朝鲜人，危险技术流向监控处的情报人员。他出现在这里只能和马斯柳科夫有关。但他们没得到俄方的通告。

"危险技术流向监控处，咱们的同行？"

"是的。我们知会过他，但不知道他也过来调查。"苏联解体后，一大批军工专家失去生活保障，导致很多军工技术有外流危险。俄罗斯政府为此才成立了危险技术流向监控处，监视这些人的动向，以防军事技术恶性扩散。

不知是天热还是紧张，杨真掏出纸巾，擦了擦额头上的汗。正在这时，门铃响了。杨真警惕地从猫眼里往外看，门外站着的正是叶缅年科。她打开门，叶缅年科竟然一点礼貌也不顾，用肩头挤开她进了屋，抓起桌上的饮料就往嘴里灌。

斯威基没料到他这个样子，但还是伸出手，谨慎地说道："这位朋友……"

叶缅年科没理会这只伸到面前的手，又抓起一包当地出产的糖果，躺到床上一颗颗丢到嘴里，嚼得满屋子充斥着难听的"咔巴"声。一边嚼，一边口齿不清地用英语说道："你们来，也是为了马斯柳科夫？"

杨真没有回答，而是仔细观察着他。这不像喝醉酒，难道吸了毒？此人精神状态明显不正常！

"我来就是为了他。这个活宝！"叶缅年科稍稍直起身子，像醉汉一样比比画画，"上面要我来干掉他！"

旁边，斯威基满腹狐疑。此人既然是特工，肯定训练严格，意志坚强，怎么会在外国同行面前胡说八道。

"他手里有……神秘技术……不知来自何方，要用它干掉……总统……强力部门首脑……你……这男人是哪里的？"

"史密斯，美国人。"杨真抢先回答，叶缅年科这个样子，她根本无法信任。

"哦，好的。美国人……美国人，对了，我说到哪里了？"叶缅年科用力拍着脑门，像是短路般停了一会，然后又突然开口，"哦，对了，马斯柳科夫……他要用技术，用技术……"

叶缅年科讲完最后一句清醒的话。接着，这个魁梧的汉子躺在床上，眼神黯然下去，表情似睡非睡。杨真再不犹豫，冲到床边拍拍他的肩膀："朋友，你怎么了？有什么不对的吗？”

叶缅年科不回答，只是大口大口喘着气，昏睡过去。杨真连忙检查他的脉搏和眼睛，瞳孔已经开始扩散！

就在这个时候，桌上的电话铃声响了起来。两人对望一眼，杨真率先过去，警惕地拿起听筒："你好！请问……"

"哦，你好啊，杨真女士！"电话那边，一个男子讲着标准的汉语普通话。

杨真只是来做初步调查，调查处没想大动干戈，所以她没有战友，没有后援。杨真抑制着惊慌，既不否认也不承认，她按下免提，让斯威基也能听到。"请问你是……"

那个声音非常机械，似乎是某种软件系统发出来的声音。

"俄罗斯危险技术流向监控处特工叶缅年科就躺在你面前！他和同伙由俄方派来刺杀马斯柳科夫先生，但他已经不可能完成任务。四万台微型纳米机器进入他的身体，正在他的大脑皮层上随意破坏。他不会死亡，但永远不能恢复知觉！"

杨真的手在冒汗，斯威基听到那声音，心里觉得有股东西横冲直撞。

"而你们，中国高科技犯罪调查处杨真女士，美国科技成果恶性扩散调查处斯威基先生，体内都已经输入了同样多的纳米机器。四万台合起来不过一滴水那么大，在你们今天就餐时被输入体内。请放心，我们在遥控这些机器。只要充分配合，它们就不会发作。"

杨真和斯威基四目对望，用眼神交流着想法。他们无法证实这个威胁。微型雷达还不能测出人体内的纳米机器，即使它们有四万个之多，似乎也没有引起不适的感觉。

"立刻照我说的做！你们要相信，杀一个人从来没有像今天这么容易！"

"你要我们做什么？"杨真问道。

"旅馆对面有辆丰田轿车，坐上去，很快就能见到马斯柳科夫先生，有什么疑问你们可以当面向他提出。"

两个人没有选择，只好走下楼去。他们满以为自己在暗处，对方在明处，看来还是大大低估了对手的情报能力。

走在楼梯里，斯威基小声问杨真："你读心理专业，你估计通过技术手段控制人的思想，这种技术要多少年才能实现。"

"一百年吧！"杨真理解他的担心，"他们控制不了你我的思想，只能破坏我们的大脑。除非他们真的已经超过人类一百年。"

门口那辆丰田轿车是出租车，前面坐着个黑人司机。面容谈不上凶恶，也算不上狡诈。他站在车旁边，朝两人憨厚地笑笑，很职业地帮他们打开车门。这人是谁？也许是马斯柳科夫的同党，也许只是他雇用的司机。杨真狐疑地望着他，司机脸上没有答案。

车子开向"非洲之星"。两人坐在后座上苦笑不语。他们都是安全专家，却让人胁迫着走向虎口，而且连一支顶在头上的枪都没有。如果对方刚才完全是诈术，那才成了笑话呢！

然而，见过施密特的死状，又见过叶缅年科的惨相，他们不敢冒险。

城市不大，车子很快开进"非洲之星"，驶过教学楼和学生宿舍，停到学校附属医院门口。两个男人正在那里等着他们。"你们好，斯威基先生和杨真女士。"其中一个东方人向他们伸出手。

斯威基没握那只手，冷冷地说道："我警告你们，既然知道我的身份，就应该知道绑架我的后果！"

那人似乎胸有成竹："先生，你们美国所有政要——总统、议长、参联会主席，哪个能比施特伦格尔更安全？在我们面前，你们的安保措施根本不值一提！"

斯威基内心一阵沮丧。到这时，他才感受到老师的忧虑，美国一旦在某个领域失去科技优势会是什么样子。眼前这两个敌人身材瘦小，天气很热，他们只穿着衬衫，手里和身上什么机器设备都没有。他们真能控制自己体内的纳米机器？唉，纳米技术成了看不见摸不着的妖法！如果自己能逃过此劫，一定要奔走呼吁，限制它的发展。

杨真那边已经有了主意。她想到叶缅年科可能带着刺杀的任务，所以才遭此不幸。但是，马斯柳科夫并没有对她立下杀手，显然还有其他用意。

两个人被带进大学医院，进入急诊室。没给他们留下一秒钟准备时间，周围也没人做任何动作，突然一阵眩晕，两人倒在地上，昏睡过去。

不知过了多久，他们几乎同时醒来。和体质强弱毫无关系，对手需要他们什么时候昏迷、什么时候清醒，完全控制自如。他们瘫坐在不同的软椅上，并没有被绑住。软椅形似飞机座位，扶手上还伸出小桌板，杨真面前放着绿茶，斯威基面前摆着咖啡。这是个空旷的房间，非常大，马斯柳科夫坐在另一边，隔着十几米。他面前的一张桌子上放着几页文件，还有几件叫不出名字的仪器。

"两位先喝杯饮料提提神，你们睡了很久了！"马斯柳科夫友好地对他们说道。

饮料里会不会有东西？有就有吧，杨真大口喝完绿茶，缓缓转头望望四周，动作装得很迟缓，思路却转得飞快。屋里只有马斯柳科夫一个对手？如果扑上去抓住他会怎么样？只要两秒钟就够，这样，即使体内真被放了什么东西，对手也来不及启动遥控设备。

斯威基也有这个想法吗？他能配合吗？

马斯柳科夫仿佛知道他们在想什么，从小桌后面站起来，随手拿起一张纸。"让你们注意到我的是纳米技术。我觉得你们或许对它的神奇仍然缺乏感性认识。蒸汽机时代的人看到纳米技术，恐怕会以为是魔法。即使是你们，电子时代长大的人，也未必不会有这种感受。"

说着，马斯柳科夫来到屋子中间，拿着纸的手向前伸出，缓缓地、小心地……忽然猛地往回一带，那张纸无声无息分成两半。马斯柳科夫指指下落的纸片，又指指房顶。

"纳米丝，从天棚连到地板，平行设置，直径三十七微米，在肉眼阈限之下，强度是钢的54倍。我们用它割了蒲本茂的头。你们看不到，我也看不到，但我知道它们在哪个位置。"

杨真和斯威基表情平静，对此似乎并没感到意外。

"难道他们早已知道蒲本茂的死因？"马斯柳科夫愣了一下，他期待的戏剧性效果没有出现，于是暗暗告诫自己："这些人既然能找上门，就不应该低估了他们。"

"好的，马斯柳科夫先生。我已经领教了你的厉害，另外我们也不准备在这里乱来。"斯威基开了口，"现在请说出你的意图吧，我们会安静地听。"

"你坦诚，我也会爽快。"马斯柳科夫回到自己的座位，"我搞了个秘密组织？不，是一群志同道合的人团结在我周围。至于施特伦格尔、蒲本茂、施密特、前田真一和斯卡洛夫斯基，这些科技资本家，这些吸血鬼，他们必须死！"

"很高兴你承认了这个系列凶杀案的元凶是你。但是为什么要做这些？"杨真问。

"你们既然来调查我，肯定研究过我的资料，你们觉得呢？"

"你认为科学技术被少数发达国家所控制，加剧了贫富差距。你认为专利制度是罪魁祸首，那些靠此发财的高科技企业家是人类的敌人，对吧？"斯威基克制住晕眩和疲倦，尽量坐直身子。

"回答正确，加十分！"马斯柳科夫像是在评判学生的作业，他一边说话，一边做着手势，并不在意会碰到那些能割下人头的纳米丝线。

"科学曾经帮人类走出黑暗的中世纪，但那是以前的科学，现在已经堕落了！今天的科学是极少数人奴役人类的工具！政客用它赢得霸权，商人用它赢得暴利，发达国家用它剥削欠发达国家。"

想到肖毅和他的月光社，想到朱利叶斯，杨真很想反驳几句，但她忍住了。当务之急是摸清这个人的古怪意图，这样才能对付他。历史上为祸最烈者，往往就是那些自命救世主的狂人。

"我创办'非洲之星'，送穷孩子进大学，目的只有一个，打破科学上的不平等。你们美国人，曾经靠它享受霸权。现在你们中国人也要跟进。不，我不允许，这不应该，几十亿人不答应！"

马斯柳科夫激昂慷慨，双目放光，声音像燃烧的烈火："所以我第一步才会选择纳米技术，把它作为阻击你们的武器。以后我还会让航天专家死于航天实验室，让海洋专家淹死在深海，让极地科学家冻死于冰原，让基因专家生出残疾后代，让化工专家死于毒剂！直到你们愿意和全人类分享自己的成果！"马斯柳科夫双眼生辉，他是神的使者，或者自认为如此。

"先生，不管你怎么说，杀人总是一种罪恶。"斯威基不软不硬地顶了一句。

"杀人？是的，但是，哪一场革命不杀人？"

"那么，你希望我们做什么呢？"杨真插上一句，想让争论回到现实。

"理解我的思想，支持我的行动，成为我的同志，共同完成让科学平权这项伟大事业。你们要在这里成为新科学人，带着全新的理想回到原来的机构，帮我们得到必要的信息！"

"难道我们不可以谈谈其他解决方案吗？"斯威基显然并没受到多少影响，"我可以代你向美国官方转达谈判条件，用你掌握的技术换取自首机会，我们有司法交易制度。"

马斯柳科夫冷笑一声："斯威基，世界上有种不能谈判的东西，那就是信仰。"

杨真闭上眼睛，消化着对方的观点。

"你们都是很好的人，只是缺乏必要的信息。有良知做基础，你们会理解这一切。所以我给你们两天时间……"马斯柳科夫挥动遥控，一面墙壁变成屏幕，开始播放他们的宣传片。

◇◆

第九章 逃出生天

就这样，两人被关在大屋子里。食物和饮水从一个小窗口送进来。屋子一侧有卫生间，但却是一个整体压塑的金属房间，上下水管都与墙壁合成一体，无法拆下来用作武器。每隔一小时，纳米细丝后面的墙壁上就会播放一部纪录片，讲述专利权的罪恶，声讨高科技商人的暴行，批判发达国家的残忍。

这不是公开的讲义，在采访中面对记者，马斯柳科夫还有所顾忌。眼前这些影片只用于给信徒洗脑，不需要隐瞒什么。

杨真心不在焉地看着影片，脑子里想着迫切的问题。他们在哪里？是在亚的斯亚贝巴还是被转移到了别处？整间屋子像是敷过水泥的岩洞，没有窗户，只有几盏LED灯全天开着。除了一个东南亚人外，他们再没有看到其他人。杨真试探着问他的姓名，没想到对方回答得很爽快，说是叫巴赫蒂亚尔。

"您是哪国人？"

"南极点和北极点之间，每片陆地和海洋都是我的祖国！"

送进来的餐食不是罐头，就是真空包装食品，还有瓶装纯净水。上面印着土耳其文商标，两个人都看不懂，讨论来讨论去，似乎他们正在中亚某个国家。

巴赫蒂亚尔就坐在对面，吃着同样的饭菜。

"巴赫蒂亚尔先生，你是东南亚人吗？"斯威基好奇地问道。

"是的，老家在印尼伊里安查亚省。"

听到这个地名，两个人立刻想到前田真一的案件。

"那……前田真一……"

"我亲手砍死的！"巴赫蒂亚尔毫不掩饰，咧开嘴笑起来，"时限一到，你们或者成为我的同志，或者去死。回想起来，那个日本人倒是好身手，我只是在刀上占了便宜。"

下顿饭吃过后，斯威基决定从这个人身上下手。他没和杨真商量，因为他觉得一言一行都逃不过房间里的监控，根本无法密谋什么。

"我看我们能谈谈。我特别想知道，马斯柳科夫用什么条件换取你为他服务？"

"我为他服务？不，不是，我在为自己服务。"巴赫蒂亚尔回答得很平静。

斯威基心中暗喜。看来，这名看守的忠诚有限，那么自己也就有了希望。"那好。这样我们更可以谈了。我是美国的安全人员，如果你释放我们，你可以赢得许多马斯柳科夫提供不了的东西。绿卡，定居权，总之，你跟着他没有前途，他毕竟是恐怖分子。"

"哈哈，你误解我的意思了。"巴赫蒂亚尔笑罢，正颜厉色道，"我说我为自己服务，是指我为自己的信仰服务。他用什么交换我的忠诚？那就是这个信仰。我的前三十年浑浑噩噩，直到遇上他，找到信仰。你能给我另外一个信仰吗？如果不能，那就请免谈！"

斯威基张口结舌。杨真在一旁接过话头。有信仰的人她见过太多了，他们躺在调查处的标本室里，关在临时监狱里。"一个人找到信仰很不容易，但你有没有怀疑过他的理想？不是每种理想都能造福人类。"

"你说对了，天底下有无数异端邪说，只有他的理想才能指引人类。"巴赫蒂亚尔摆开推心置腹的样子，"你以为我是什么邪教徒吧？我是麻省理工学院自动控制专业硕士，现在那里还有我的学籍档案。我的同志都有这样的智商。正是知识与智慧引导我们走近他的理想。请记住，把心思用来劝说比你们聪明的人，纯属浪费时间。认真看，认真听，转变思想，先救自己，再救人类。时间不多了，我祝你们脱胎换骨！"

好吧，杨真静下来，认真地看录像。斯威基则上上下下检查着他们这半边囚室。担心被纳米细丝开膛破肚。斯威基每走一步都举着一张纸在身前试探，姿势显得很滑稽。这个封闭空间不仅没有阳光，也没有时钟，时间悄悄地流逝着，折磨着人的精神。

不知过了多久，斯威基的情绪明显躁动起来，甚至对杨真也产生了敌意："你还看什么？想被他洗脑？为什么不想办法逃出去？"

这是幽闭造成的恐惧和焦虑，不过杨真自己也好不到哪里去，更没有精力劝慰对方。

"你们这些东方人习惯逆来顺受，你不知道要反抗吗？"斯威基把气都发泄在杨真身上。后者索性不理他，专心去看录像。

"我提醒你，斯威基先生。马斯柳科夫先生很忙，在他那里你可不会有上诉机会。"巴赫蒂亚尔看到这个美国特工的暴躁行为，向他挥了挥拳头。

……

终于，马斯柳科夫又出现在他们面前。还是隔着十几米的空间，以及一排或者几排肉眼看不到的纳米丝。巴赫蒂亚尔坐在斯威基附近，怀里抱着那把纳米技术打造的战刀。

"怎么样？你们想清楚了吗？"

杨真绝望了，除了说出自己的观点，她无事可做。"你们有信仰，但我也有，我不想违背。"

马斯柳科夫耸耸肩："好吧，那么你呢？斯威基？你如果愿意做我的眼线，她是不会把秘密泄露出去的！"

这句轻描淡写的话是什么意思，两个人都知道。斯威基僵了一会儿。不仅马斯柳科夫等着他的回答，杨真也在望着他，正是后者的凝视促使斯威基下了决心。无论是国家安全官员的职责，还是一个男人的自尊心，都促使他做了选择。

"不，我也不接受。"斯威基用力摆摆手，"你这个组织既无意义也无前途，只是你个人仇恨心理的产物。"

马斯柳科夫望望他，又望望杨真，扬了扬眉毛："好吧，那就永别了！"

说着，马斯柳科夫打开抽屉，拿出一只手枪——俄制6P35式"格拉奇"手枪。那并不是什么高科技，但是火力强大。然后他取出几枚达姆弹，故意在囚徒的视线下一枚枚将它们顶入弹仓，折磨着他们的精神。

"怎么要用枪？你们不是有高科技吗？"斯威基冷笑道。

"你们不是纳米专家！享受不了高级死亡待遇！"

杨真咬紧牙关，母亲、处长、老师、同学、朋友、同事，一大群人拥挤着进入她的脑海。加入调研室那天，她可没想到会有这一天。甚至每次遇到危险，她都以为不会再遇上。

不不不，我还有很多事情要做，我不想死！杨真在心里哀叫着，也许再过片刻，她就会叫出声来。

突然，一道巨大的声波洞穿墙壁，覆盖了全部空间，连一只蚂蚁都不能逃脱它的威力。虽然能量巨大，这道声波却根本听不到，它是低于人类听觉阈限的次声波！

杨真只感觉一阵翻肠倒胃，心脏似乎要跳出胸口。屋子里四个人都摔倒在地。

这几个人都久经训练，不仅体格健壮，而且性格强悍。虽然跌倒，但没有人昏迷，都害怕比对手站起来晚。挨了一记无形重锤后，他们挣扎着爬起来，站稳脚跟。马斯柳科夫捂住胸口，去拿掉在地上的手枪，杨真和斯威基则往桌子后面避去。

正在这时，杨真侧面的房门"砰"地被撞开，门扇歪倒在一旁。一个大汉冲了进来。此人全身都被紧身服罩住，四肢鼓鼓地不知装有什么机关，两手戴着厚实的手套，戴着一个闪亮的头盔，全身上下一点皮肤都不外露。

巴赫蒂亚尔大喝一声，纳米战刀直刺来人胸口。他曾经亲手用这把利刃刺入钢铁、岩石、坦克复合装甲，以及前田真一的防护服。他不相信世界上有什么东西不会被它刺穿。

然而，来人竟然用胸口迎接这一刀。刀尖抵在紧身服外，再也刺不进去分毫！利用巴赫蒂亚尔这0.1秒不到的诧异，来人右手捏住刀锋，用力一拗，那柄战刀生生断成了两截，左手猛推巴赫蒂亚尔胸口，将其击飞，背部撞到墙上，顿时不省人事。

"你们这些老怪物都来了吗？"马斯柳科夫再没有刚

才那分气定神闲，脸色铁青。手枪已经被他抄在手里，但他知道，对于这个不速之客，枪械毫无用处。来人并不答话，双臂一抬，屋子中央突然爆出几十道细细的电火花，接着，一些肉眼隐约可见的火焰燃烧着、下落着，四散荡开。然后，从四周爆出一些噼噼啪啪的电火花。

杨真明白，这个人发射的强磁场布满了整个空间。碳纳米管不仅是高强度材料，也是强导体，强磁场在其内部形成瞬间电流，将它们全部烧蚀。整个空间再没有阻碍，来人腾空跃起，鹰一般扑向马斯柳科夫。后者也仿佛一只大鸟凌空飞起，天花板同时打开，他竟然飞了出去。

能这样来抵抗地心引力，绝非人力所及。来人没有扑到目标，双手就势在墙上一按，也返身扑入上面的空洞。接着，天花板又合二为一。

"跟我来。"又一个人出现在门口，向杨真他们招手。此人和刚才那个大汉一样装束，但从体形上看明显是个女性，而且说着汉语！杨真毫不犹豫，立刻跟着她跑了出去。斯威基听不懂汉语，却似乎明白这话的意思，也跟在后面逃了出来。

一路上，他们经过三处钢筋水泥大门，都被打出了大洞。奇怪的是，直到他们跑出这处秘密所在，也没遇到一个马斯柳科夫的打手。钻出最后一道大门，两人看到了久违的太阳。在它的余晖里，竟然悬停着一只飞碟！

是的，它悬着，悬在离地面几米的空中，颜色与后面的山岩几乎一样，从远处不经意地瞥上一眼，会以为这只是块岩石。除了能够悬停，它似乎还能做光学隐形。这只飞碟直径约有十米。女子带他们跑到飞碟下面，指指下腹部的一个舱门。

杨真点点头，却不知道怎么上去。舱口在两层楼高的位置上，并没有舷梯伸下来。那个女人站到杨真身边，左手揽住她的腰，猛一蹬地，身子凌空跃起，右手已经抓住了舱口门，把杨真放到舱内地板上。然后又跃下去，将体重不少于九十公斤的斯威基轻巧地送了上来。

这里是苏联废弃的一个军事基地，全部建在山腹中，周围一片荒凉，但基地的基础设施都还保持完好。马斯柳科夫重新启用了它的一小部分，设置了独立的能源系统。即使有人从这里路过，从外部也只能看到一片荒山野岭。

马斯柳科夫逃到基地指挥中心，那里空间巨大，但只有一盏高压钠灯照耀着。巨大的影子投射到四外的墙上，恍若鬼魅。来人紧追不舍。马斯柳科夫不再逃奔，双脚站好，转头面对来人。"影子？你也要开杀戒吗？"

名叫"影子"的来人冷冰冰地回答："我们闯了祸，就要亲自挽回损失！"

马斯柳科夫突然转身，右手一扬，一枚金属珠飞向影子。不，那不是金属珠，而是系在碳纳米丝线末端的重物，起识别和定向作用。真正的凶器是后面的无形丝线。影子跳后一步，右手同时扬起，一枚同样的金属珠飞了出来，两只珠子撞到一起，空气中响起刺耳的声音。接着，影子大开大合，舞动纳米丝线，向马斯柳科夫步步紧逼。后者且战且退。

如果有人在旁观这场格斗，会看到一个怪异的场面：两个人挥动手臂，两枚金属珠在空中飞舞，却看不到丝线相连，也听不到呼呼风声。但威力所及之处，周围的金属套管、废板箱、钢铁栅栏等都被劈开、崩解，散落下来，空气中飞扬着灰尘，霉味令人窒息。

世上练习绳索术的武师数不胜数，但能够玩好这种绝活的却只有他们。稍不留神，无形无影的纳米细丝就会把使用者自己割得皮开肉绽！

猛地，影子跳到马斯柳科夫的身边，站在他的背后，两只手握着两个金属珠，悬在马斯柳科夫的头部两边。马斯柳科夫也停下来，纹丝不动。他什么感觉也没有，但却知道致命的丝线已经绕在了自己的脖子上。

"师兄，请你把盗来的资料全部销毁，解散你的小组！"

"休想！"

影子不再犹豫，双手用力一勒，马斯柳科夫的头颅无声无息地滚落下来。影子敏捷地跳到一旁。血从对方的颈动脉喷射出来，有一些溅到他的紧身衣上，然后滚落到地下。

外面，杨真在飞碟的地板上站起来，问那个女人："怎么没看到马斯柳科夫的打手？"

"他并没有多少打手，除了巴赫蒂亚尔，其他的也都不在这里。"她的救星做了简单的解释，"马斯柳科夫雇了许多人，也影响了很多人，但他的核心却很少。"

我的天，杨真第一次听到她讲比较长的话，是带着南方口音的普通话。"大姐，你的老家是湖北还是湖南！"

这时，手刃马斯柳科夫的大汉已经出现在飞碟下面，纵身一跳，超人般蹿上飞碟。这一跳也抖掉了他身上沾着的最后几滴血迹。"走吧，都结束了。"大汉摘下头盔，原来是个黑人。此时满脸惆怅，毫无胜利的喜悦，除掉马斯柳科夫，似乎并不能让他高兴起来。

"谢谢你们的搭救。"杨真伸出手，想握一下那位女同乡的手。

"不用谢，没有你们，我们也查不出马斯柳科夫这个基地。"她解释道。

"为什么？"

"在你们身体里，我们布置了纳米微型跟踪仪。"女子摘下头盔，她有四十多岁，一个典型的江南女人。她解释道："他把你们运来的途中，跟踪仪失去了信号。但你们被关在这里两天，纳米跟踪仪通过呼吸飘到空气里，再通过排气管道飘到外面。我们就找到这里了。"

"这怎么可能？"斯威基惊道，"你们在什么地方对我们下了手？亚的斯亚贝巴？"

"哈哈。"黑人笑道，"恕不奉告。"

"那么……"斯威基想起了最重要的事情，"马斯柳科夫输入我们体内的东西呢？你们能查出来吗？"

黑大汉指指他的小腹："你早把它们排泄掉了。"

杨真和斯威基感到莫名其妙。那女子揭开了谜底："输入你们体内的纳米机器如果超过两天没启动，就会失去作用，被免疫系统解决掉。威胁并不大，他是在诈你们！"

飞碟里面空间不大，分成驾驶舱和运输舱两部分。杨真和斯威基待在运输舱里，和前面驾驶舱分开。中途飞碟停下来。那位绰号影子的黑人离开飞碟，不知去向。只剩那位湖北女子一个人驾驶它。飞碟通体密封，没有舷窗。两人看不到外面，也不知道飞向何处。好半天，他们感觉到轻轻一震，似乎是着陆了。底舱门打开，前面的隔板也一起打开了。

"我叫苗爱玲，在我们的组织里负责纳米技术开发。这段时间你看到的所有纳米奇迹，都是我的小组研发的。"

"你是中国人，还是入了外籍？"杨真关心这个问题。

"不好意思，我的祖国在南北两极点之间！"

杨真和斯威基心头一冷，这话与巴赫蒂亚尔如出一辙。

飞碟停在离地只有半米高处。斯威基和杨真先后下到地面，向周围望去。此时，天空里最后一抹晚霞正在散去，不远处有一顶木杠和毡毯搭建的突厥式帐篷，外面还有一堆篝火，这在中亚地区的草原上十分常见。

"杨警官，看来你占了优势啊，你们能用汉语沟通。"斯威基提醒道。

"我会用英语和你沟通。"苗爱玲听罢，立刻做了解释，"所有内容毫不偏袒，同样告知你们两方。"

他们坐下来，一个中亚牧民打扮的汉子从帐篷里端出准备好的饭菜。浓郁的奶茶、酸甜的玫瑰茄水、马奶子酒、烤羊排、羊油炸过的"包尔沙克"、混着葡萄干和杏干的羊肉抓饭、奶酪、南瓜和米饭合制的糕点"伊特白里西"，甚至还有一瓶蜂蜜。所有餐具都是铜制的，出自手工而非机器。

"吃吧，这次不用担心吃进去异物。"苗爱玲招呼着。这两天杨真和斯威基担惊受怕，虽然意志还算坚强，但是也没有胃口。乍一脱险，立刻感觉到饿了，坐在那里开始大嚼。中亚草原的夜晚很冷，美食和火焰让他们暖和起来。暗夜无光，目力所及的范围内没有一处灯光。

苗爱玲的皮肤很光滑，但怎么看也比自己大，所以杨真称呼她大姐。"你们的组织有没有名字？"

"英文可以叫STEMER，中文可以叫'科学人'，我们是以科学为信仰、用它指导生活的人。"

"STEM"是四个英文单词的缩写,分别是Science（科学）、Technology（技术）、Engineering（工程）和Maths（数学）。加上'ER',代表着一个群体。在一般人眼里,这不过是四个专业门类,和音乐、餐饮管理或者健身俱乐部差不多,但在他们眼里完全不一样。

两个人一边吃,一边听苗爱玲给他们讲述STEMER的悠久历史。

"你们一个中国人、一个美国人,都在安全部门任职。你们回去后肯定会把所见所闻报告给上司。你们即将听到的机密,最终可能会汇总到你们两国最高决策层那里。这就是我们选择你们的原因——我们已经准备好将秘密透露给世人,但并不希望马上公之于众,我们暂时只希望知会真正有能力正面改变世界的力量。"

1662年,一群在格雷沙姆学院听讲演的年轻人自发建立起这个组织的前身,那就是英国皇家学会。那个时代没有专职科学家,甚至没有"科学家"这个词,所谓"皇家"也只是英国王室赐予的称号,但英国王室并不干涉他们的运作。

彼时,皇家学会聚集着各种科学爱好者。大家互相帮助，自由探索，共同研究，经常辩论和争吵，所有成员都是为了科学的进步。但后来，科学界逐渐职业化，专利制度日见完善，各种科学团队开始正规化，成员开始有等级、有头衔，会员们也开始钩心斗角、争名逐利，最终形成了科学行业的帮会，那就是各种学会。从学术台阶上一层层往上爬，到达象牙塔顶端的才算是正规科学家。

1869年，一位叫梅森的爵士深感这些团队世风日下，与追求真理的宗旨背道而驰，在无力扭转学会趋势的情况下，他与同道退出学会，另外组成松散团体，宣誓要追求纯粹的科学，而不是去当科学贵族。成员可以拥有公开的学术地位与头衔，但是要秘密地交换科技情报，无偿帮助其他成员进行研究。

这个组织虽然秘密地存在，但成员中却有很多名家。每人入会后都能得到组织在知识产权方面的无偿支持，条件是自己也要无偿分享成果。进入20世纪，科学成果的经济效益越来越大，从属于一个个利益集团，彼此封锁信息。而这个组织也会集起越来越多的人。有被纳粹迫害的犹太科学家，有被苏联迫害的遗传学家，有愤愤不平的民间科学家，其中很多人受雇于政府和企业。他们通过组织建立的秘密渠道，分享最先进的科技成果，用于自己的发明创造。如果因此获得经济利益，就要拿出一大部分，秘密地交给组织作为经费。

为什么自称祖国在南极点和北极点之间？就因为STEMER囊括了各个国家的人。

一百多年来，这个组织的成员违反过无数国家的保密法和专利法，日积月累，在某些领域早就超过世界上那些公开的同行。但是，为了避免暴露，他们只能派成员以各种身份接触常规科学界，通过引导，暗中将最先进的科技成果传播出去。比如这个组织曾经暗中把美国核武器技术的关键部分透露给苏联人，又把苏联航天技术的关键部分透露给美国人……"

"胡说！"斯威基脱口而出，"俄国人偷了我们的核技术，而我们的航天技术却完全是凭借自己的力量研发出来的。"

苗爱玲知道他会有情绪，却并不在意："当然，没有任何证据能证明我说的话，因为我们不会留下把柄，但它确实是真的。整个20世纪，STEMER都是一只无形的手，在科学这个维度上影响着世界的走向。"

杨真并不关心昔日的美苏争霸，但她关心这个组织究竟在多大程度上渗入了中国。她拽了拽斯威基的胳膊，示意他安静。

随着时代的发展，发达国家在知识产权方面保护得越来越严格，这个组织便把触角伸向法制不健全的发展中国家。如今，STEMER中的过半成员来自那里。苗爱玲当年就是武汉的一名宾馆服务员，进入组织后不断提升，最终成为纳米科研负责人。

在STEMER组织存在的头一个世纪，它相对安全，那是因为它有跨越国境的秘密信息网，而主要大国之间互相割裂，彼此封锁，信息不通。今天，各大国在这方面的合作关系越来越紧密，尤其是在和STEMER最有关系的那个领域——高科技扩散的防控更是如此。STEMER保守重大科研机密的能力越来越弱，他们毕竟没有警察、军队和安保人员。

两年前，STEMER的总部还设在美国。当地政府严厉监管金融机构，力图扼住恐怖组织资金渠道。结果殃及池鱼。STEMER纵然有超凡的IT技术，终究还是出现了漏洞。导致三分之一的资金被冻结，十几个在美国本土的成员被迫人间蒸发，以躲避美国国土安全部的调查。

至于马斯柳科夫，他的祖父名叫瓦维洛夫，曾因支持孟德尔遗传学而被迫害，流放期间秘密加入该组织。马斯柳科夫出生在STEMER家族，十五岁时便被吸收为成员，十八岁参加秘密科研。后来组织高层做出决定，通过施特伦格尔与美国政府举行谈判，用科技成果换取相关人员的赦免。马斯柳科夫思想十分偏激，不愿意达成这种协议，便派人暗杀了施特伦格尔，断绝了组织后路。

蒲本茂最初也是组织成员，他退出后拿着组织的成果换钱，犯了组织大忌。STEMER的人找到他，发出当面警告。蒲本茂置之不理，于是马斯柳科夫马上派人将他灭了口。

漏洞层出不穷，STEMER的领导层终于意识到，如今保守重大科技机密已经越来越不可能，找到愿意终生安贫乐道、追求纯粹科学的人也很不容易。STEMER高级领导层反复讨论，最终决定先与一些发达国家进行接触，达成互信，一点点将STEMER的成员公开化。他们犯了不少国家的"叛国罪""间谍罪""危害公共安全罪""专利侵犯罪"，公开身份前必须先解决这些问题。

"你们也开发军事技术吗？"斯威基问道。

"军事技术？"

"我指这个飞碟，显然，它能骗过沿途各国防空系统。"

"对，不仅沿途各国，而且是世界各国，包括你们两国在内，无论是雷达站还是卫星，都无法找到它。"苗爱玲十分自豪，这是她一手研发的飞碟。想当年，她被朱利叶斯带进这道门时，还只是想研究一款防污材料。

"如果飞碟悬停在某处，或者飞行速度不超过每秒十米，在光线暗弱的地方，它能与周围颜色混为一体。肉眼都不容易看清楚。我们研究它，是因为我们需要自由穿行于世界各地，并且尽可能不被发现。"苗爱玲继续解释。

"那么，那种战斗服呢？你们穿在身上的那种。"斯威基又问道，"军用外骨骼吗？"

"战斗服？不，不是战斗服，是帮助科学家出入危险环境进行考察的工作服。活火山、悬崖绝壁、原始丛林……科技工作者配上人造肌肉，配备恒温内控系统，才可以更好地攀山越岭，及时躲避危险。当然，它完全可能被用于作战。"

之后杨真插话："苗大姐，你们对学术界和专利权的成见太深了。学术界的一些做法和专利权的确有弊端……"

"这件事，你应该先问问你的养父。"

"您是说肖老师？这和他有什么关系？"听到对方提及家人，杨真警觉起来。

"他是当年的工农兵大学生，因为文凭不够高，在学术体系里多年被人无视，这些情况你可能还不清楚吧？"

人们都有个习惯，就是把出生前的事情看成"历史"，把自己亲历的时代看成"当代"。对杨真来说，工农兵大学生算是很遥远的历史了。不过那都不重要。"你们怎么暗地里调查我的家人？"

"其实是我的老师在关注你们……他和你的养父一样，只有一个大普学历。他也知道肖老师的成就，所以他觉得，你虽然职位并不高，但有可能更容易理解我们的处境。"

"你的老师？张志刚吗？"

苗爱玲赞许地点点头，看来杨真已经摸到了许多底细。"唉，他至少还有一张大普学历，我只是高中毕业。所以，我会永远忠于STEMER，它给了我实现理想的机会。"

一个高中毕业生领导的研发团体压倒了全世界所有专家。当然，这不光是她的能力，还有在一百多年中STEMER秘密积累起来的知识库。

"我们要选择合适的谈判对象，所以注意到了你。"苗爱玲解释道，"为了抵制东方那些反科学的疯子，你做了很多。这是让我们满意的。抱歉，我得离开了，你们都接受过野外生存训练吧？应该知道怎么返回文明世界。"

"那以后我们怎么联系你？"杨真着急，不希望她就此消失。

"放心吧，我们会主动联系你们。"

一觉醒来，杨真迷迷糊糊地坐起来，脑子有些发木。不远处，斯威基也坐直身子。他们身边放着几瓶矿泉水，几包干酪。矿泉水瓶子上标着中文，却并不能证明他们的位置，中国小商品在这里很畅销。帐篷已经不见了，周围只有篝火的余烬。

"咱们往哪里走？"杨真实际上并没接受过野外生存训练。

"那里有条河，沿着它走，就能找到居民点。"斯威基指指远处。他们沿着河边，向太阳升起的方向走去。一边走，一边议论着昨天的经历。斯威基摇头说道："她讲的故事太复杂了，我需要说服自己相信这些。"

"但是他们毕竟研发出了碟形飞行器，还有他们的外骨骼服装……这些都能证明这个组织的强大。"

"是的，所以我才怀疑。"斯威基说道，"那意味着他们要使用大型风洞做实验。风洞，你知道风洞吗？风洞开启一次，要耗用一个小城市一个月的电量！他们能在世界哪个角落里偷偷安置风洞，而不会被人们发现？"

"为什么要用风洞呢？"杨真此时已经摸到纳米技术的韵律，"他们可以通过计算机模拟实验来代替风洞……"她捂住了嘴，一直觉得有什么地方不对劲，现在才反应过来。

他们之所以跑到非洲之角，就是因为一个黑人学生要用超算来模拟纳米飞船。可是，他们已经有这种飞行器了啊！这到底是怎么回事？

"世界上功率最大的计算机都做不到这一点。除非他们……"斯威基也顿了一下，"除非他们已经在纳米尺度上制造出了能应用的芯片！"

他们想不出答案，继续赶路。杨真望着周围的山山水水，不胜感慨："不知道世界上有多少个秘密实验室，那些公开的实验室都在干什么，我们也不清楚，可是大家却不觉得是个问题。"

"也许STEMER根本没那么厉害。"斯威基正在消化昨夜听到的信息。

"为什么？"

"纳米、IT，也许还有其他一两个领域，他们可能有突破。此外就没什么了。底牌不会太多，他们一次都打出来了。"

"那为什么要这样出牌？"

"威慑！想换取个更有利于他们的结果。他们知道自己触犯了很多国家的法律。"

两人边走边聊，没到中午，便看到了第一个居民点。一打听才知道，原来他们在哈萨克斯坦境内。发现一个中国人和一个美国人突然出现在境内，当地警察如临大敌，两国大使馆官员闻讯后立刻到场，反复核对事实，才确认对方是被绑架入境。

一群军人包围了废弃的秘密基地，他们确实发现了战斗现场，还有尸体，却没找到任何还在使用的设备，苗爱玲临走前已经把它们统统带走。

两个人分别乘坐本国包机，离开了哈萨克斯坦。回到北京，杨真第一件事就是住院。翁海明带着助手和仪器赶过来，对她的身体进行全面检查，反复确认体内是否还有纳米阵列式机器人，果然和影子解释的一样。

"一语成谶啊，我说了要给你当实验志愿者，结果就当了一次。"杨真望着实验结果，笑道。

回到调查处，刚走进正门，几个组长都等在那里，看到她回来便一拥而上。杜丽霞拉着杨真的胳膊，上上下下地检查着："真没伤着？"

蔡静茹也很关心，她指着龙剑和史青峰说："你们两个人声势搞得很大，结果让师妹冲锋陷阵。"

龙剑挠了挠头皮，不好意思地回道："我看走眼了，开始没拿这个案子当回事。"

各国强力部门开始关注高科技犯罪时，都是先从网络犯罪和生命类案件起步。龙剑也循着这个思路，联手生物学出身的史青峰不断提出侦查方向，却一直没有什么收获。

接着，杨真去向李汉云汇报非洲之行发现的种种情况。迟健民、蔡静茹这些组长全部出席，并不时地记录下相关有价值的信息。连续几个小时的汇报，已经过了吃饭时间，但谁也不觉得饿。于是李汉云便叫人把午餐送到这里，大家草草吃完，继续开会。他们要针对杨真这次发现的情况，为上级提供一个完整的汇报。

迟健民针对杨真的报告先发言："科学史上的确有梅森这么个人物，不过年代久远，资料不详。瓦维洛夫在现代生物学史上很有名。他能在克格勃的监视下和某个秘密组织联系上？这的确有些不可思议。"

现在，迟健民每次发言中掉书袋的时间少了很多，很快转入正题："从李文涛案件开始，我们产权组就在接触非法科研成果。如果上级领导同意STEMER以赦免为条件交出秘密科研成果，我们组会全力以赴，进行交接。"

史青峰却给迟健民泼冷水："我以为，既然STEMER没有全面开列他们的成果，还是保守推测比较稳妥。他们可能在纳米领域有颠覆性的突破。但科学门类有多少？按最细的标准有一万两千多种。他们不可能都有突破。还是那个问题，钱和人，这两样他们手头不会有太多。"

这种观点和斯威基的判断相似，就像打牌，双方需要猜测对方手里的底牌。

"但是，如果不接受他们自首，那就意味着要继续侦查下去！"蔡静茹从相反的方向质疑，"就拿杨组长现场接触到的情况来讲，他们之间发生了火拼，一方杀了另一方的人，这是犯罪行为。这样的事不知道有多少，是接受一百、一千个人自首，还是把他们压得东躲西藏，再消耗大量警力去侦查？"

蔡静茹又进一步指出，STEMER很可能把重心转向发展中国家，特别是基础设施好、科研力量强的中国。"所以，今后最麻烦的可能不是美国，不是欧盟——我们又何必给自己背上包袱？"

韩悦宾最关注安保问题，"神使"案件最初也是从这里出发的。"别的我不管，只要那几样杀人武器不能有效监控，我心里就不安。坦率地讲，陈建峰那些人再忙几年，也不可能完成反制技术研究。能让STEMER把它交出来，何乐而不为？"

杨真又一次出生入死，这让杜丽霞担心同事们在外勤活动中的安全。"军方和国安在外面有很多资源，但我们是公安系统，在国外办案，却缺乏与相关方面的联动。以后再发生这类事怎么办？我们不能单打独斗，需要考虑如何规避风险。"

李汉云倾听着大家的意见，还是像以往那样没表态。散会后，他单独把杨真留下："让你又一次陷入危险境地，是我的失职啊！"

"处长，您别担心，有惊无险……"

李汉云摇摇头，示意杨真先听他说完："当初我筹建调研室，并未想到才一年就挖出这么多大案。科学技术正在加速发展，对它进行有效监管成为必然，时不我待。但是，杜丽霞讲得对，即使现在发展到调查处，资源也远远不足以应对这么复杂的问题。所以我正在构思方案，希望能成立跨部委的高科技犯罪调查机构。"

"跨部委？"

"对，高科技的流动跨行业、跨地区、跨国界，'神使'案件就是典型。公安系统的资源已经不足以应对这些。我们这里条块分割，但对手不是，我们总会慢半拍。所以在我的构想里，一个成熟的高科技犯罪防控机构，要有更多部门协同才行。"

那得建立多大的机构，有多少个同事？杨真自觉想象力有限。但她知道，李汉云把他们带到了这个高度，可能还会把她推向更大的平台。

"而且，中外协调问题也已经摆在眼前。主要科研大国都建立起了相关机构，但级别都不高。"李汉云继续描绘他的蓝图，"如果我们中国率先成立高规格的防控机构，在这方面进行国际谈判就会占得先机。"

　　这让杨真又想起李文涛，若非当年被挡在瓦森纳协议的高墙之外，他也许就不会铤而走险酿成悲剧了。时代在改变，中国从国际科技风险的防控对象，变成了国际科技风险的防控主体。

　　"总之，这些案件你要好好总结。特别是以后还需要什么资源，你尽量提出来，我都会写在报告里。"

◇

第十章　科学人

莫斯科餐厅，王鹏翔与阿婕莉娜宴请肖亚雯全家。罗宋汤、鱼子酱、冷酸鱼、罐焖牛肉，各种俄式美食摆了一桌子。气氛热闹而又温馨。

　　这对异国恋人正式办了结婚登记，在男女两家分别举行婚礼。他们要和另一群亲人分享快乐。王鹏翔比肖亚雯小十五岁，因为父亲的关系，把她看成干妈。因此肖亚雯一方的亲人，也就被他看成另一群亲人。

　　肖毅和卢红雅，肖亚霆、牟芳和姗姗，肖亚雯和杨真，全部应邀前来。一对新人谢过肖亚雯后，专门过来感谢杨真。如果不是她亲赴印度把王鹏翔带回来，他有可能当时就死在荒山野岭间了。

　　一家人聚在大桌前，杨真望着他们每一个。从记事起，二十多年后她才拥有了这样温馨的家庭气氛，才能看到一家人无拘无束、亲密无间。不过，差点她就失去了这一切。

　　"杨真，你怎么了？"牟芳忽然问了一句，杨真这才意识到一行泪水爬到自己脸上，赶忙把它擦掉。

肖亚雯大大咧咧地坐过来，一拍她的腿："谁欺负你啦？告诉我，我找他去！"

不管杨真在外面如何风光，回到这个家，家里人总把她看成一个在外面受了委屈的小妹妹。杨真破涕为笑："不不不，我这是因为开心。"怕继续被当作笑料，她换了一个话题，"肖老师，我想问一下大普学历是怎么回事？"

"大学普通班学历？你具体想问什么？"

"嗯……在您的经历中，这个学历有没有给您带来什么麻烦？"

"杨真，今天家人团聚，你怎么想起问这个？"卢红雅朝女儿使了个眼色，显然，这不是什么荣耀的话题。

"没事没事。"肖毅按了下卢红雅的手背，"他们这辈人应该知道这段历史。来，边吃边说。我给你们找点东西看。"

肖毅掏出手机，划了几下，递给杨真。上面是一张证书的照片，证书很简陋，印着"北京大学毕业证书"等字样，落款是"北京大学革命委员会主任杨德中"，并没有"大学普通班"这行字。

"我1973年入学，1975年毕业，读了两年。当时教育主管部门就声明，这不是学历教育，只算在职培训，后来又按大专给我们算学历。至于'大学普通班'这个称呼，是1993年教育部规定的，所以这张纸上看不到。"

"当年能拿到这张纸的人，比例比今天的研究生还要少。"卢红雅怕孩子们轻视这个证书，连忙补充。肖毅拥了一下她的肩膀，坦然地说："论实际教育水准，当年我们肯定比不上卢老师，他们是通过正规高考上来的。其实当年也考试，但不那么正规。我就是在1973年参加的考试，同一年考试的还有这个人。"

肖毅要过手机，又翻了几下，屏幕上出现一张旧报纸的照片。1973年8月20日的《人民日报》，刊登着《一份发人深省的答卷》。

"这就是白卷英雄张铁生写在答卷背面上的信，是原文。杨真，你不要看编者按，只读原文，然后你总结一下它的主题。"

杨真接过来仔细地看着。

"我是按新的招生制度和条件来参加学习班的。至于我的基础知识，考场就是我的母校，这里的老师们会知道的，记得还总算可以。今天的物理化学考题（虽）然很浅，但我印象也很浅，有两天的复习时间，我是能有保证把它答满分的……"

"嗯……他很想读大学，只是抱怨单位没给出足够的复习时间？"

肖毅赞许地点点头："这才是这段文字的核心！但是在当年的环境下，他还得加点其他的话来说明自己的动机，正是那些话害了他。多少年轻人向往科学，追求知识，但是环境没给他们机会！"

然后，肖毅举起手机，向众人扬了扬："想当年，全国九十多万年轻人拿过这张证书，大家都很珍惜学习机会。很简单，如果不想学习，报名去大学干什么？"

就是在北京大学，肖毅接触到几位心理学专家。那时候心理学还被批判为伪科学，并不能公开讲授。几位专家把心理实验课放在生理学里，给学生们单独讲。肖毅也就是从那时起迈进学术殿堂。拥有这一纸文凭的不光是他，还有亚霆和亚雯的母亲张岚。他们从那时起相识相爱，终成眷属。

然而一路上，"大普"学历始终是这对夫妻的绊脚石。直到后来，他们的学术成果才让人不再关注这张文凭。"从那时我就认为，如果一个人真是为了追求科学，又怎么会在乎这张纸？"

……

巴西塞阿拉州经贸开发公司驻华办事处位于北京西城的小巷里，看上去很低调。肖毅走到门前，后面跟着杨真和蔡静茹。她们穿着便服，看上去就像是他的助理。

这是一次约定好的见面，张志刚正在那里恭候肖毅。除了早年的徒刑，他在巴西和中国都没有任何案底，这家公司也没有任何经济问题。当然，从现在开始，他个人与公司里面的任何人都会被监控。STEMER知道会有这个结果，为了赢得中方信任，总要抛出一点东西。

张志刚热情地把肖毅迎接进去。这是他们第一次见面，一坐下，两个同龄人就聊开了工农兵大学生的往事。肖毅是第一届，张志刚是最后一届。他上学时，课程已经开得比较系统，学校也不再搞运动。张志刚回顾了当时的人心惶惶。"文革"结束了，有人想重新参加高考，有人到处打听自己的文凭会不会作废。

恢复高考后首届学生入学时，张志刚还没毕业。看到人家意气风发的样子，自己十分担心前程。张志刚是个不安分的人，准备给当时的教育部长写信，呼吁别忘记他们这个群体，还发动大家联名。结果不了了之。

"我们入校时，批林批孔已经不搞了。教学很正规，但是却一直被当成残次品。"提到这些，张志刚仍然愤愤不平，"不过，最大的收获是坚定了我为科学献身的决心。"

毕业后因为文凭不受重视，张志刚只能进入一家工厂，而不是他梦寐以求的科研院所。在那里他仍然做着科学梦，结果却把自己送进了班房。出狱后，一名东德专家——STEMER的秘密成员注意到了他的遭遇，便将张志刚发展成会员，还帮助他离开中国，进入STEMER内部进行深造。如今，他是STEMER中负责光学技术的专家。

肖毅与公安部合作已经十多年，知道自己今天要扮演什么角色。他是沟通媒介，要帮助STEMER与司法部门达成谅解，所以他不需要做决定，只需要促进双方互相理解。两个人你问我答，谈得热火朝天。

"老张，你知道吗，我脑子里一直有三个数字。"肖毅扳着手指，"第一，中国有十四亿人；第二，手里捏着理工农医学历的中国人，现在是八千万；第三，实际承担科研任务的人，现在有五百万。"

"有些人觉得，科学只属于八千万有文凭的人。更有人觉得科学只是发现和发明，是那五百万人的事。甚至在科学圈子里，搞理论的瞧不起搞应用和实验的，搞实验的反过来又瞧不起搞理论的，原本都是为了科学，但却互相鄙视。按照这种极端的视角，科学在中国也就是几十万人的事情。"

　　肖毅指指坐在旁边的杨真和蔡静茹，又指指保洁员、门卫、街道上的人群："但我一直在想，怎么才能打破这些桎梏，让科学成为十四亿人的共同事业？所以，从个人角度我很理解你们的苦衷。"

◆　◆　◆

　　"小真，有空来我家坐坐，阿姨找你有点事。"

　　这次不是李汉云在邀请，他正在南方某地向有关领导汇报工作，是师母沈玲打电话相约。杨真到了他们家，发现家里只有沈玲一个人。

　　"沈阿姨，小宵不在啊？"

　　"出去实习了，你坐吧！"又是几个月没见，沈玲先是问长问短，然后拿出一封信，有信封，但没封口。杨真抽出一看，上面是李宵的字。她曾经当面说过，他的字简直像狗爬。结果李宵在写信前反复打草稿，再工工整整地抄了一遍。

"小宵说了，这么大的事，发电子邮件诚意不够，必须用手写。你先看吧！"

说完，沈玲转身去了厨房。她很有信心，这两个孩子交往时并不背着她。他们会关在李宵的房间里一聊就是半天。有时候当着沈玲的面，他们会你刮我的鼻子，我拍你的肩膀。她和丈夫对儿子苦口婆心讲半天，有时候不如杨真随便说一句管用。沈玲觉得这是水到渠成的事。

这么郑重其事地请自己过来，杨真不用猜都知道信的内容是什么，一下子脸涨得通红。是的，只要身边还没有男人，总会有人过来关心这个问题。师母都不是第一次给自己介绍对象了。但这次太不同了，妈妈替儿子求爱，这该怎么办？

盘算了半天，杨真才开始看信。李宵用了四分之三的篇幅，赞美他眼中的杨真。第一次见面时那孩子才十四岁，杨真只是很多到家里看望他父亲的研究生之一。随着一天天长大，他开始从各种角度欣赏这个师姐。信末，李宵保证听姐姐的话，改正自己所有的缺点，做杨真需要的那种男人。

杨真看完，发现沈玲又坐回到身边："你瞧，孩子就是孩子，写了很多浪漫的废话，却不知道重点在哪里。我和李老师都知道你的长处，善解人意，踏实认真，头脑清楚。"

"阿姨，这信李老师也知道吗？"杨真反问道。

"他规矩多，我没敢告诉他。"

杨真咬着嘴唇，不知道该说什么好。她记起第一次拜访老师的那天，几个学生坐了很久，和李汉云夫妻谈了很久。到后来，沈玲只是单独给杨真做了个独特的评价。

"你很像20世纪80年代的人。"

"是啊，我是'80后'。"

"我不是指出生，是20世纪80年代度过青春的那批人，就是我和你们李老师的同龄人。"

从那时起，善解人意、踏实认真、头脑清楚这些评价就一直出现在沈阿姨嘴里，只是偶尔会换些同义词。沈玲还告诉杨真为什么会做这样的评价。现在的年轻人知识多、眼界宽，但是太容易放弃，没有当年他们那种韧劲。

再后来，每次到李老师家，杨真都会和李老师谈学术，然后和沈阿姨聊家常。沈玲把她当成半个女儿。如果现在答应下来，至少不用担心婆媳关系。父母之命的时代过去后，世上能有几个母亲这么替儿子求爱？

"我和李老师都受过高等教育，脑子不封建，女大男小在我们眼里不算什么，我就比李老师大一岁。如果你能接受他的感情，我们也很放心。"沈玲干脆先表了态，儿子能娶这样的媳妇，她是满意的。

"那，沈阿姨，我考虑考虑再回复您，可以吗？"

"好吧！"

杨真告退离开，临走时，沈玲重重地握了一下她的手，表示了自己的期待。

李汉云一向不在单位谈私事，这次却破了例，出差回来就把杨真叫到自己的办公室。"沈阿姨给你看了小宵的信？"

"是的。"

"瞎胡闹！她没征求过我的意见。把私人关系扯到工作关系中，这不是给我找麻烦吗？"

既非学术问题，也不是单位公事，杨真不知道说什么好，坐在那里咬着嘴唇。

"杨真，我把你调来，是因为咱们多年来一起研究高科技犯罪问题，你是这个领域里少有的人才。以前沈老师就和我说过，小宵可能喜欢你，我都没在意，没想到……"

李汉云很想让自己的声音保持理性，但这种事情比工作问题要难得多。身为父亲，他知道杨真会成为很好的儿媳妇。如果将来儿子带回一个陌生女孩，他们作为父母还要重新认识、重新适应，哪比得上知根知底的杨真？

可他偏偏又身为领导，将来成了一家人，以后他还能不能放手重用这名干将？

"处长……"经过这两天时间，杨真也终于想明白了，她得主动解决这个问题，不能含糊表态，或者把麻烦推回去。

"小宵是个好弟弟，我也很欣赏他，不过我没有那种感情。也许他还不是很清楚他自己，但我很清楚我自己。我没想过要和他一起生活，一次都没有。"

◆　◆　◆

　　望着最新研制的、世界上运算速度最快的计算机被抬进自己的别墅，桑原邦彦心里涌上了十足的成就感。这台巨型机的价格又上升了十亿日元。而在这段时间里，他的资产也上升了一百多亿日元，完全可以供他再玩这些奢侈玩具，可以供他继续蔑视专业科学界。

　　不过桑原邦彦感到有些奇怪的是，NEC派来的组装人员都换了。他询问那几个上次来组装的员工到哪里去了，回答说都调到了别处。

　　这几个组装人员显得有些唠叨，干活手艺差不说，还爱问这问那，工作时东看西看，仿佛他的家多么与众不同。当然，确实有点与众不同。亿万富翁的家，内部搞得像个研究所，到处是线路啊、图表啊。但别人可以惊讶，NEC和自己打了这么多年交道，还有什么可奇怪的？

　　不久他又发现，别墅小区的保安人员都换了。别墅的湖泊旁有几个人经常站在那里闲聊。这里是富人区，来来往往的外人极少。桑原邦彦望着街上那几个人，觉得很奇怪。最近给他家送便当、送邮包的人都有些怪怪的。桑原老实厚道，但日常生活中的规律被打破，谁都会有异样的感觉。

他不知道，他已经成为日本高科技犯罪调查本部的监控重点。那几台超大规模计算机在他们的眼里像魔杖一样可怕。

桑原邦彦之所以不知道自己被监控，是因为他根本就不是STEMER的成员。这些巨型机里也根本就没有存储着海量的神秘科技资料，只不过是被他用来模拟地球进化和宇宙演变。

同样不知道自己被监控的，还有赞巴卡等一干科技爱好者。他们在这里辛苦了几个月，仍然无法设计出那种碟状飞行器。流体力学模拟实在太复杂，这几台巨型机完全代替不了真实的风洞实验。

赞巴卡虽然毕业于"非洲之星"，却不是马斯柳科夫的核心成员，否则他不会不知道，STEMER早就有了碟状飞行器的实物。也正因为发现三大国的情报人员都聚到一起，马斯柳科夫惊觉不妙，才痛下狠手。STEMER的主流虽然和他不睦多年，也是直到这时才决定清理门户，以取得与各国政府谈判的必要条件。

"神使"案件从这里拐了个弯，纯属歪打正着！

现在要看这台最新的No.1效力如何了，也许它可以让全世界风洞实验室的人都失业。桑原邦彦充满期待。

在世界的某个角落里，安放着比这台计算机先进二十年的超级计算机。那是几台生物计算机，利用人造DNA进行运算和存储，耗电量极小，甚至不超过空调和冰箱，所以没人能根据耗电异常找到它的踪影。这几台生物计算机存储着STEMER那个巨大的知识池。

先进二十年是个什么概念？桑原邦彦不知道，NEC的员工不知道。世界上所有科学家，谁也不知道！

本集说明

1．本集取材于纳米技术，它与生物技术和信息技术并列为21世纪三大前沿技术。而纳米技术是另外两种技术走向应用的基础。

2．使用纳米隧道显微技术能移动单个原子，科学家已经可以用几十个原子拼成字母和图形。

3．人类基本不可能再发现稳定的新元素，但是通过纳米技术改变现有元素的分子排列，可以使它们拥有各种奇异的物理性能，比如超硬、超导、通电后变色等。

4．宫本武藏是中世纪日本武术界名人，《五轮书》是他的作品，其中总结了剑术与兵法。

5．根据科技史专家的研究，蒸汽机革命使人类制造精度进入亚毫米级，电气革命使人类制造精度进入微米级，纳米科技将人类制造精度进入纳米级，每次都提高了近千倍。

6. 很多生物化学过程都发生在纳米尺度，纳米技术最终可以制造出肌肉、骨骼甚至心脏等有生物活性的组织和器官，改变现在用"死材料"制造"死零件"的局限。